N° 30 | 20

LE SOMMEIL QUI TUE

Jean Jamet.

5, Rue Bayard, PARIS

ROMANS POPULAIRES A 20 CENTIMES

Le Sommeil qui tue

PAR

Jacques DESVOSGES

PARIS, 5, rue Bayard, PARIS

ROMANS A 20 CENTIMES

Il paraît un Roman complet chaque Mois
donnant, comme texte, la valeur d'un volume à 3 fr. 50.

CHAQUE VOLUME : 20 CENTIMES

PORT, 10 CENTIMES

Pour recevoir chaque volume dès son apparition, on peut prendre un abonnement annuel de **3 francs** *pour la France, l'Algérie et la Tunisie,* **3 fr. 50** *pour les autres Colonies françaises et l'Étranger.*

Des conditions exceptionnelles sont faites pour les abonnements par quantités. Les demander à nos Bureaux.

ROMANS PARUS

Les 18 premiers numéros et le 20e sont épuisés et ne seront pas réédités.

19. — Fatal Boulet, par LUCIEN DARVILLE.
21. — Premiers Frimas, par P. DU CHATEAU.
22. — La Fissure, par ABEL SIBRÈS.
23. — La Chambre-au-Loup, par GASPARD DE WEEDE.
24. — Les vingt ans de Josie, par PIERRE DU CHATEAU.
25. — Sita, par JEAN DE LOUSSOT.
26. — Le Roc-aux-Moines, par FLORENCE O'NOLL.
27. — ... Et Dieu dispose, par H. JEAN-BABIN.
28. — L'Héritage de Sans-Patience, par ABEL SIBRÈS.
29. — La Faute d'Autrui, par EDMOND COZ.
30. — Le Sommeil qui tue, par JACQUES DESVOSGES.

5, RUE BAYARD, PARIS, ET DANS TOUTES LES GARES

LE SOMMEIL QUI TUE

****

PREMIÈRE PARTIE

I

Dans le courant de l'année 191..., la petite ville de Givry-sur-Mouzon, en Lorraine, fut le théâtre d'événements singuliers.

Le 10 mai, un lundi, M. Auguste Fleury, le propriétaire du grand bazar de la rue Saint-Jean, se sentit pris d'une étrange somnolence. Il venait de déjeuner, en compagnie de Mme Fleury, de sa fille Suzanne et de son fils Jean — ses grands enfants âgés respectivement de vingt-deux et vingt-cinq ans, — lorsqu'il s'assoupit, les coudes sur la table.

Le fait surprit les siens, qui connaissaient M. Fleury très nerveux, très actif et pour ainsi dire, infatigable. Néanmoins, comme le négociant avait pris une part active aux élections municipales qui venaient d'avoir lieu, et pendant lesquelles il s'était énormément dépensé, Mme Fleury et ses enfants mirent cet assoupissement sur le compte d'une de ces réactions de lassitude nerveuse qui suivent généralement les grands efforts.

Cependant, Mme Fleury éveilla son mari en le secouant légèrement. Celui-ci ne se redressa qu'avec peine.

— C'est singulier, balbutia-t-il, d'une voix un peu pâteuse, j'éprouve une invincible envie de dormir.....

— En ce cas, va reposer dans ta chambre, mon ami, dit Mme Fleury. Jean te remplacera cet après-midi au magasin.

M. Fleury ne répondit pas. Il se leva péniblement et se dirigea d'un pas lourd vers sa chambre, où il se jeta tout habillé sur son lit.

Vers 7 heures, au moment du dîner, il dormait encore. Son fils voulut l'éveiller, mais tous ses efforts furent inutiles. Ni le bruit ni les secousses ne purent tirer M. Fleury de son étrange sommeil. On le laissa donc. Toutefois, on crut devoir dévêtir le singulier dormeur, que cette opération, d'ailleurs, sembla laisser parfaitement insensible.

M. Fleury dormit toute la nuit. Son sommeil était paisible, mais il transpirait abondamment. Le lendemain, à midi, voyant que cet état se prolongeait, Mme Fleury envoya chercher le Dr Martinet, un ami de la famille.

A la vue de cet homme qui dormait déjà depuis vingt-quatre heures, et que rien ne pouvait tirer de son sommeil, le docteur ne sut que conjecturer. Cet état inexplicable le plongeait visiblement dans un indicible étonnement. Il questionna la famille sur les faits et gestes du malade — mais était-ce bien un malade ? — les jours qui avaient précédé ce qu'il appelait « la crise de sommeil », mais n'apprit rien qui fût capable de l'éclairer. En désespoir de cause, après être resté plus d'une heure auprès du lit où M. Fleury continuait à dormir, il prit le parti d'en appeler aux lumières de deux de ses confrères, les Drs Claudet et Guillemot.

Tous trois, arrivés à 5 heures, étaient encore là à 7 heures. L'un après l'autre, ils avaient examiné et ausculté M. Fleury ; ils avaient constaté que les articulations restaient souples, ce qui excluait toute prévention de catalepsie, et que, d'autre part, la transpiration était extraordinairement abondante. De diagnostic, ils ne purent en établir. Ce sommeil déconcertant était inexplicable pour eux. Tous trois se retirèrent sans avoir pu prononcer autre chose que de vagues paroles d'espoir qui ne réussirent pas à rassurer la famille.

Toute la nuit et toute la matinée du lendemain, M. Fleury resta dans cet état. Dans l'après-midi du 12, le Dr Martinet voulut alimenter le malade. Il remarqua seulement alors q les mâchoires du dormeur étaient contractées de telle sorte que même par les moyens usités en des cas analogues, il était impossible de lui faire desserrer les dents.

Comme, sur ces entrefaites, le Dr Claudet venait d'arriver, les deux médecins échangeaient leurs impressions et leurs idées lorsque le malade ouvrit enfin les yeux. Son regard se posa tour à tour sur les siens, qui, en ce moment, se trouvaient tous trois à son chevet, puis sur les deux docteurs. Il parut les reconnaître tous. Mais il ne dit pas un mot. La transpiration s'était arrêtée, et de brefs et presque imperceptibles tressaillements agitaient sa face blêmie. Les mâchoires étaient plus que jamais contractées.

Ce fut en vain que tour à tour Mme Fleury, puis ses enfants, couvrirent de leurs baisers et de leurs larmes le visage du malade. A leurs paroles de tendresse et d'angoisse, il ne répondit pas. Il les regardait seulement ; et ses regards exprimaient une indicible souffrance.

Puis les tressaillements qui agitaient sa face s'amplifièrent et gagnèrent les membres. Déjà les deux médecins s'étaient regardés : les symptômes qu'ils avaient sous les yeux leur apparaissaient, sur certains points, analogues à ceux du tétanos. Tous deux tombèrent d'accord sur la nécessité qui semblait s'imposer d'essayer le sérum antitétanique.

Ils venaient d'en envoyer chercher à l'hôpital, et Mme Fleury avait fait demander un prêtre, quand le malade poussa un gémissement profond et extrêmement impressionnant. Puis une secousse le mit sur son séant, il étendit les bras et retomba, les yeux fixes. Le Dr Martinet, penché sur lui, constata que le cœur ne battait plus.

M. Fleury ne s'était éveillé que pour mourir.

II

Profonde fut l'émotion causée dans la petite ville par cette mort inexplicable.

Cette émotion devait se transformer en stupeur quand on

apprit que tour à tour, alors que M. Fleury venait à peine de succomber, trois autres honorables familles de Givry étaient frappées de la même manière.

Le lendemain de la mort du négociant, Lucien Lacour, principal employé de la maison Bailly, le grand magasin de confections de la rue de France, avait été terrassé par cet inexplicable sommeil, ainsi que M. Chaperaux, l'avoué du faubourg des Vosges, et Mme Bouvelin, la femme de l'épicier de la rue Neuve.

Les symptômes et l'évolution de la maladie furent les mêmes. En dépit des injections de sérum antitétanique, puis de caféine administrées en désespoir de cause par les docteurs, les trois nouveaux malades restèrent plongés dans un invincible sommeil qui dura, suivant les sujets, de quarante à quarante-huit heures ; puis ils s'éveillèrent pour mourir, sans pouvoir parler, après une courte et silencieuse agonie.

En dépit de tous leurs efforts, il fut impossible aux médecins de donner un nom à cette maladie déconcertante. Le célèbre professeur parisien Proudhon lui-même ne fut pas plus heureux. Dans cette affection mystérieuse, il y avait à la fois des symptômes de la maladie du sommeil et du tétanos, voilà tout ce que pouvaient dire les docteurs. Quant à la cause de la maladie, à son évolution, à son traitement, ils renonçaient, et pour cause, à se prononcer. Tous étaient absolument déconcertés et affirmaient que, de mémoire d'homme, jamais médecin ne s'était trouvé en présence d'une affection aussi mystérieuse dans son origine et aussi redoutable par ses effets.

La population de Givry était dans un état d'émotion indescriptible. Suivant les caractères, chacun était en proie à la pitié ou à l'effroi. On plaignait les familles frappées, et l'on craignait pour les siens ou pour soi. La mystérieuse maladie venait de faire quatre victimes. Pourquoi n'en ferait-elle pas d'autres, puisque les médecins se déclaraient impuissants ?

Les quatre enterrements eurent lieu à trois jours d'intervalle, au milieu d'une énorme affluence. On ne signalait aucun nouveau cas, mais l'émotion ne se calma point.

Cette émotion fut telle que l'administration crut devoir

ordonner une enquête. Le Parquet de Givry, sur un désir exprimé en haut lieu, s'adjoignit les lumières du professeur Proudhon, de Paris, d'un professeur de la Faculté de Nancy, et de six autres docteurs de la région. Les corps des victimes furent exhumés et autopsiés. Ces autopsies ne donnèrent aucun résultat. Les docteurs conclurent à des morts causées par une sorte de tétanos à évolution spéciale. Tous furent d'accord pour déclarer ne pouvoir formuler aucun autre diagnostic en l'état actuel de leurs connaissances. On dut se contenter de cette déclaration collective et unanime qui n'éclaircissait rien.

Les commentaires n'en continuèrent pas moins à circuler, étayés par les suppositions les plus invraisemblables. Comme il arrive souvent à notre époque, et surtout dans les petites villes, la politique s'en mêla, ce qui n'était pas fait pour arranger les choses.

Ici, nous croyons devoir donner quelques explications indispensables.

Les élections municipales avaient été fort mouvementées à Givry. Une dizaine d'années auparavant, cette petite mais coquette cité lorraine ignorait pour ainsi dire les agitations électorales. La caractéristique de la mentalité de cette paisible population était alors la tolérance et le respect de l'opinion d'autrui. Au point de vue religieux, les pratiquants n'étaient ni plus ni moins nombreux qu'ailleurs, mais nul ne songeait à blâmer leur foi ou à critiquer leurs manifestations. Les relations entre les autorités et le clergé des deux paroisses étaient excellentes, et nul, même parmi les rares libres-penseurs de l'endroit, n'avait pensé à faire de l'anticléricalisme une machine de guerre politique.

Mais tout avait changé peu de temps après l'arrivée à Givry de M. Herbelin. Celui ci, qui venait de Meurthe-et-Moselle, avait repris la suite d'affaires du pharmacien Pétrot. Dès les premiers jours, le nouveau pharmacien afficha des opinions nettement radicales et anticléricales. Il parvint à grouper autour de lui un certain nombre d'hommes partageant ses opinions, et pour la plupart fonctionnaires. Grâce à lui, la Loge de Givry, depuis longtemps en sommeil, reprit ses tenues, et le sous-préfet, jugé tiède ou indolent, fut remplacé par un administrateur à poigne.

Dès lors, et comme nous l'avons dit, tout changea, et la plus stérile des agitations remplaça pour longtemps la paix de jadis, non seulement à Givry même, mais dans l'arrondissement tout entier.

Deux ans plus tard, le nouveau parti radical-socialiste de l'arrondissement de Givry-sur-Mouzon essayait ses forces. Le candidat qu'il opposa à M. de Landrecourt, député conservateur sortant, ne fut battu que par une majorité de 500 voix sur 32 000 électeurs.

Aux élections municipales qui suivirent, la municipalité libérale de Givry était renversée par une faible majorité ; le citoyen Pierrard, le candidat radical aux précédentes élections législatives, devenait le maire de la ville, et M. Herbelin premier adjoint. Leur premier soin fut naturellement d'interdire les processions ; puis, soutenus par la préfecture, ils se livrèrent avec brio à toutes les tracasseries qu'une administration dite républicaine peut inventer pour molester ses adversaires politiques. Enfin, par la suite, grâce à un malentendu regrettable qui divisa au dernier moment les forces de l'opposition, M. de Landrecourt était battu, et M. Pierrard, maire de Givry, devenait le député de l'arrondissement.

L'opposition ne se découragea point. Instruite par l'expérience, elle comprit la nécessité d'être toujours sur la brèche, afin de n'avoir pas à improviser au dernier moment un plan de campagne forcément imparfait. Tous ses efforts tendirent d'abord à reconquérir l'hôtel de ville de Givry. Elle y parvint ; et, au moment où commence ce récit, tous les conseillers radicaux sortants avaient été balayés, au premier tour, par la liste d'opposition libérale.

Il était nécessaire d'exposer brièvement ces faits. Car toutes ces luttes politiques avaient été extrêmement vives ; il s'en était donc suivi une agitation profonde. Et ce fut au milieu de cette agitation à peine décroissante que, coup sur coup, on apprit les quatre décès, restés mystérieux quant à leurs causes, dont nous avons parlé.

III

Si, sous la pression de l'opinion visiblement très impressionnée, les autorités s'étaient décidées à ouvrir une instruction officielle, ce n'était pas sans motifs.

Tous les chefs des familles frappées, en effet, avaient pris une part des plus actives aux dernières élections municipales, et, coïncidence singulière, *tous comptaient parmi les principaux militants de l'opposition.* Tous quatre avaient été élus en tête de la liste libérale, Me Chaperaux venait d'être nommé maire, et M. Fleury, premier adjoint.

D'abord timides et vagues, les accusations se précisèrent et s'enflèrent. Le premier, le *Réveil de Givry*, le bihebdomadaire libéral, parla des rumeurs accusatrices qui circulaient ; et, dans un leader article qui produisit une impression énorme, il résuma les faits avec beaucoup de clarté, de modération et d'impartialité :

N'accusons personne, disait le rédacteur de ce journal, car une telle accusation serait monstrueuse.

Certes, en notre malheureux arrondissement, si profondément divisé par la politique de sectarisme et de violence dont M. Herbelin fut le précurseur, nous avons déjà eu à déplorer du sang versé, et même des morts. Grâce aux apaches de M. le député Pierrard, les coups ont trop souvent remplacé les arguments pendant les périodes électorales, et nous ne pouvons oublier qu'aux dernières élections législatives, deux des nôtres sont tombés pour ne plus se relever sous les matraques ou les coups-de-poing américains des partisans du radicalisme. Toutefois, ces brutalités meurtrières et sauvages, qui constituent pour nos adversaires un opprobre éternel, s'exerçaient, nous le répétons, en pleine période électorale, et pouvaient à la rigueur s'expliquer par l'acharnement de la lutte.

Mais comment expliquer les morts qui viennent d'endeuiller les familles de quatre de nos amis, si l'on admet leur origine criminelle ? Que dire de l'homme ou des hommes que la haine politique aurait rendus capables de perpétrer les plus lâches des assassinats, et cela froidement, la lutte terminée, les armes déposées de part et d'autre ? Si exacerbées que soient les passions politiques, nous ne croyons pas, pour notre part, qu'elles puissent conduire jusque-là.

Et puis, toutes contingences morales mises à part, resterait le problème matériel de l'exécution. Car il faudrait croire alors à un quadruple empoisonnement. Or, aucun poison connu ne produit de pareils effets. Les médecins sont unanimes sur ce point : la maladie mystérieuse à laquelle on a donné le nom de « sommeil qui tue » ne doit pas relever d'une intoxication ; elle ressemble, au contraire, à la forme nouvelle d'une affection accidentelle connue, qui est le tétanos.

Si ces déclarations catégoriques — les seules auxquelles on doive raisonnablement ajouter foi jusqu'à présent, étant donnée leur source autorisée et impartiale, — si ces déclarations ne suffisaient pas pour écarter l'hypothèse d'un empoisonnement, de quelle façon le criminel aurait-il pu opérer pour frapper quatre victimes différentes ? Il faudrait donc admettre des complicités, et des complicités forcément nombreuses, dans l'entourage ou la domesticité des victimes. C'est là une hypothèse absolument invraisemblable, qui ne tient pas devant le raisonnement.

Reste la coïncidence, vraiment troublante, de ces quatre décès. Qui est frappé, en effet ? Le nouveau maire et le nouvel adjoint, tous deux libéraux. Qu'on le veuille ou non, leur mort a pour effet de remettre toute notre politique municipale en question, puisque le nouveau Conseil doit déjà se compléter par des élections partielles afin de pouvoir nommer un autre maire et un autre premier adjoint. Le deuxième adjoint, M. Bailly, est encore vivant ; mais son principal employé, Lucien Lacour, a succombé. M. Bouvelin, lui, a vu succomber sa femme. Des quatre leaders libéraux, deux sont morts, et les deux autres ont été frappés dans leur famille ou dans leur personnel. Et quoi répondre aux braves gens que l'émotion égare, et qui déclarent que MM. Bailly et Bouvelin n'ont échappé à la mort que par miracle, que ce sont eux qui étaient visés, et qu'en frappant l'employé de l'un et la femme de l'autre, la mystérieuse maladie s'est trompée d'adresse ?

Néanmoins, très sincèrement, nous persistons à ne voir dans ces faits qu'une impressionnante coïncidence ; nous nous refusons absolument à admettre l'hypothèse de crimes que rien n'est susceptible d'expliquer. Et nous conjurons nos amis de reprendre leur calme, de ne plus émettre des suppositions invraisemblables qui ne peuvent qu'éterniser une agitation préjudiciable à la paix publique et aux intérêts de notre cité.

Le jeudi suivant, le *Phare vosgien*, journal du député Pierrard, reproduisit une partie de l'article de son confrère, en le faisant suivre de ces quelques lignes :

Nous félicitons notre adversaire de ne pas s'être fait l'écho des bruits absurdes et odieux émis par une partie de la population que l'affolement semble priver de raison. Et, comme lui, nous nous emploierons désormais à ramener le calme dans notre cité bouleversée par ces inexplicables événements.

IV

Les choses en étaient là quand d'autres faits survinrent, plus impressionnants encore, et qui mirent fin aux controverses en établissant nettement l'origine criminelle du *sommeil qui tue*.

Le député Pierrard qui, au lendemain des élections municipales, était retourné à Paris, revint brusquement à Givry, le 24 mai. Ses amis ne l'attendaient pas, aussi fut-on généralement surpris de ce retour.

A peine débarqué, M. Pierrard s'enferma chez lui, et son valet de chambre déclara aux visiteurs que Monsieur, ayant à travailler, ne pouvait recevoir personne.

Le lendemain matin, le député se rendit au Parquet, où il demanda M. Bardinot, juge d'instruction, qui se trouvait précisément dans son cabinet. Il eut avec ce magistrat un entretien qui dura plus d'une heure ; puis les deux hommes sortirent ensemble. Tous deux semblaient très préoccupés.

Avant de se séparer, ils se promenèrent, toujours causant, sur la petite place située devant le collège. Ils se quittèrent en échangeant une poignée de main au moment où un groupe de professeurs sortaient du collège. Et ceux-ci entendirent le juge d'instruction prononcer ces mots :

— Je ne ferai rien avant de vous avoir revu demain matin.

Ce fut, ce jour-là, la seule sortie du député. Dans l'après-midi, il ne voulut recevoir que le pharmacien Herbelin, auquel il se borna à dire qu'il comptait repartir pour Paris mercredi après-midi.

Or, le lendemain, à trois heures d'intervalle, le député et le magistrat se sentirent terrassés par la redoutable et mystérieuse somnolence dont nous avons décrit les phases.

Vers 2 heures du soir, M. Pierrard, qui était garçon, fut trouvé par son domestique accoudé sur la table, et dormant d'un sommeil dont rien ne put le tirer. Il y avait une heure que le valet de chambre l'avait laissé seul.

L'émotion de ce serviteur se doubla d'un compréhensible étonnement quand il vit que son maître tenait encore un crayon entre ses doigts. Un petit carnet était sur la table, et sur une page de ce carnet se lisaient ces mots tracés d'une façon à peine distincte : « Je meurs em..... » Le dernier mot était inachevé.

Quant au juge d'instruction, il se trouvait vers 4 heures du soir à son cabinet et se disposait à partir, lorsque son greffier le vit chanceler et retomber dans son fauteuil en disant :

— C'est singulier: j'ai l'impression de tomber de sommeil.....

Très inquiet, car il connaissait comme tout le monde les redoutables symptômes, le greffier se précipita vers lui en demandant :

— Faut-il appeler, Monsieur le juge ?

Celui-ci fit de la main un geste vague, et le greffier eut l'impression que ses yeux se fermaient malgré lui. Toutefois, le magistrat réagit ; d'un effort énergique, il se mit debout et parvint à faire quelques pas. Mais presque aussitôt il chancela de nouveau, et son greffier arriva juste à temps pour le retenir et le reconduire à son fauteuil.

Il allait sortir pour chercher de l'aide quand M. Bardinot lui fit encore signe de la main ; puis ses lèvres remuèrent, et le greffier entendit ces mots péniblement articulés :

— Pierrard..... avait raison..... C'est..... c'est.....

Il ne put achever ; terrassé par l'invincible et mortel sommeil, il ferma les yeux et ne remua plus.

Tous deux, le parlementaire et le juge d'instruction, moururent le surlendemain soir, comme étaient mortes les précédentes victimes du sommeil qui tue, sans avoir pu prononcer un mot.

V

Dès lors, la thèse des empoisonnements triomphait.

MM. Chaperaux, Fleury et Lacour, ainsi que Mme Bouvelin, avaient été les victimes d'un criminel. Ce criminel, le député Pierrard le connaissait. Il avait hésité quelques jours à le dénoncer, puis, se décidant, il s'était confié au juge d'instruction. Qu'avaient décidé les deux hommes ? Nul ne le savait, et nul ne devait le savoir, ni l'un ni l'autre n'ayant parlé à qui que ce soit de leurs entretiens. Mais de ces entretiens le criminel avait entendu parler, et tout de suite, se sentant menacé, il avait frappé.

Et lorsqu'ils s'étaient sentis terrassés par la fatale somnolence, le magistrat et le député avaient deviné d'où la mort leur venait. Tous deux avaient eu alors la même pensée : faire connaître le nom du criminel ; mais il était trop tard ; et le sommeil, puis la mort, avaient cloué leurs lèvres à jamais.

Telle était la version qui circulait à Givry, dans une atmosphère d'affolement, de défiance et d'effroi.

En proie à une surexcitation extraordinaire, le greffier du juge d'instruction ne cessait de répéter à qui voulait l'entendre qu'avant de s'endormir M. Bardinot n'avait prononcé aucun nom. Cet homme, qui sentait la mort suspendue sur sa tête, redoutait que le criminel pût croire qu'il savait le nom du coupable. A la fin, hanté par un invincible effroi, il quitta Givry sans rien dire, pour aller on ne savait où. Le malheureux greffier ne se sentait plus en sûreté dans la petite ville.

L'émotion s'étendit à tout l'arrondissement, puis gagna la région. Les grands quotidiens parisiens envoyèrent des reporters, et pendant quelques jours, la France entière s'intéressa aux mystérieux événements de Givry, dont toute la presse parla sous la rubrique : *le Sommeil qui tue.*

A présent, comme nous l'avons dit, la version d'attentats criminels était unanimement admise. Mais ces attentats n'en demeuraient pas moins inexplicables. Quel était leur motif ? De quelle nature était le poison ? Comment opérait le mystérieux criminel pour pouvoir frapper à coup sûr d'une manière si déconcertante et sans laisser la moindre trace ? Voilà ce que l'on se demandait ; voilà à quoi personne ne pouvait répondre.

A tort ou à raison, et d'un commun accord, les journaux avaient renoncé à mêler la politique à l'affaire. Les criminalistes et les savants seuls eurent la parole. Les thèses les plus diverses et les plus inattendues furent tour à tour défendues ou attaquées. On exhuma les noms de tous les poisons connus ou inconnus, y compris les fameuses mixtures des Borgia et les toxiques indous. Le curare eut un instant les honneurs de la presse ; puis une haute autorité médicale prouva, dans une série d'articles très documentés, qu'il était possible d'isoler et de cultiver le microbe de la maladie du sommeil, cette affection qui règne à l'état endémique dans certaines régions du centre et de l'ouest africain.

Mais un autre savant survint qui, sans nier la possibilité de la culture et de la conservation de ce microbe, soutint que les cas mystérieux et foudroyants de Givry n'avaient rien de comparable à la véritable maladie du sommeil, dont l'évolution est excessivement lente. Selon lui, ces cas se rapprochaient plutôt du tétanos.

Si l'on tentait d'expliquer l'inexplicable, terminait ce savant, on ne pourrait attribuer cette affection mystérieuse qu'à l'insensibilité causée par l'empoisonnement au curare, suivie de l'agonie provoquée par le tétanos. Mais le mieux, croyons-nous, est de ne rien conclure du tout, du moins pour l'instant.

Pendant que les savants se livraient d'ardentes polémiques, la justice ne demeurait pas inactive. Les dernières victimes du sommeil qui tue n'étaient pas de celles que l'administration néglige de venger. Le juge suppléant du Parquet de Givry, M. Robillard, reçut l'ordre d'ouvrir une nouvelle instruction et de ne rien négliger pour arriver à faire la lumière.

Mais ce jeune magistrat qui, jusqu'alors, avait montré un zèle politique excessif, crut alors devoir demander pour raisons de santé un congé qu'on ne lui accorda point, tellement, étant données les circonstances, il eût ressemblé à une dérobade. Ce que voyant, ce noble échantillon de politicien fonctionnaire donna courageusement sa démission, puis s'éclipsa discrètement. Visiblement, le sort du juge d'instruction ne le tentait pas.

Cette conduite fut interprétée diversement. Les uns n'y voyaient que l'indice d'une vulgaire poltronnerie. Les autres, au contraire, insinuaient que tout cela n'était qu'une indigne comédie : le juge suppléant connaissait le coupable, mais les sympathies politiques lui liaient les mains ; et c'était pour ne pas avoir à sévir contre un « frère et ami » tout-puissant qu'il s'était dérobé.

Fondée ou non, cette version prit créance à Givry. Et comme il fallait un coupable, on le trouva. Son nom fut d'abord chuchoté à voix basse, puis crié bien haut : ce coupable ne pouvait être que le pharmacien Herbelin.

On se disait que c'était lui qui s'était fait l'artisan de la fortune politique des radicaux dans l'arrondissement. Il n'avait pu supporter l'échec subi par son parti lors des élections municipales de Givry, échec qui le touchait personnellement, car on savait qu'il rêvait de devenir maire de la ville, puis député de l'arrondissement, quand Pierrard aurait été élu sénateur. Il s'était vengé de ce mécompte en empoisonnant ou en tentant d'empoisonner les quatre leaders libéraux qui avaient le plus contribué à lui infliger cette cuisante défaite. Comment avait-il opéré ? On ne tentait pas de le rechercher : il suffisait au public qu'il parvînt à s'expliquer le mobile des crimes.

Quoi qu'il en soit, innocent ou coupable, M. Herbelin connut dès lors l'impopularité, et plus encore.

Les trois quarts de ses clients l'abandonnèrent. Il reçut journellement des lettres d'injures ou de menaces. Lorsqu'il se montrait en ville, on l'évitait, quand on ne l'insultait pas.

Un samedi soir, il fut reconnu par une trentaine de chaînetiers qui sortaient de l'usine. On l'entoura, on le bouscula ; on lui mit sous le visage des poings robustes en le traitant d'empoisonneur. Tremblant d'humiliation et de colère, il dut se réfugier au *Café du Commerce*, alors plein de consommateurs, et dont le patron seul vint à lui, l'air gêné, en le priant de ne pas rester, pour éviter des scènes de violence et des dégâts.

Et pourtant, la plupart de ces ouvriers et de ces consommateurs avaient voté pour le parti radical aux dernières élections. Mais l'indignation et l'effroi avaient tout bouleversé, et d'instinct, la foule répudiait la malfaisante politique de sectarisme et de brutalité qu'elle sentait au fond de ces drames mystérieux. Courbant la tête sous l'orage, les militants du parti radical se terraient, et le *Phare vosgien* lui-même n'osait prendre la défense de M. Herbelin.

VI

On sentit en haut lieu combien il importait d'en finir.

Un nouveau juge d'instruction et un nouveau suppléant furent nommés. Des instructions sévères furent données au Parquet de Givry pour que toute la lumière soit faite, quelles que soient les influences politiques ou autres qu'on puisse rencontrer.

Et le premier acte du nouveau juge d'instruction, qui semblait fort énergique, fut de convoquer M. Herbelin en qualité de témoin. Afin de montrer que son intention n'était pas de mettre la lumière sous le boisseau, le magistrat instructeur pria les deux rédacteurs du *Réveil de Givry* et du *Phare vosgien* d'assister à cet interrogatoire.

Ce fut un jeudi matin que M. Herbelin monta lentement les larges degrés de pierre du vieux couvent dans lequel étaient installés le Tribunal et le Parquet. Dans le cabinet du magistrat, celui-ci, son greffier et les deux journalistes attendaient déjà.

M. Girard, le nouveau juge d'instruction, était un homme de trente-cinq à quarante ans, blond, les cheveux coupés en brosse, la moustache fauve, les yeux bleus, l'air énergique.

Petit, replet, la figure ronde, le greffier semblait la placidité même.

Assis à côté l'un de l'autre, MM. Grosjean et Leroux, les deux journalistes rivaux, se regardaient sans animosité. Et pourtant, les polémiques dans lesquelles ils s'étaient mutuellement malmenés jadis étaient restées fameuses. Mais les événements récents les avaient rapprochés. Tous deux avaient compris la nécessité pour la presse locale de ne pas intervenir et de laisser à la justice seule le soin de faire la lumière. Jeter de l'huile sur le feu, exacerber encore les passions déchaînées eût été criminel. Et tous deux avaient conclu une trêve qu'ils observaient loyalement ; ils se rencontraient même maintenant avec un certain plaisir.

M. Herbelin, lui, était changé. Cet homme de quarante-deux ans, robuste, un peu massif, avec ses cheveux ras et sa courte barbe brune taillée en pointe, semblait avoir vieilli de plusieurs mois en quelques jours. Ses yeux, dont le regard vif et fouilleur brillait jadis à travers le verre des binocles, étaient à présent ternes et sans expression. Ses larges épaules s'étaient un peu voûtées. Et visiblement il avait maigri.

Il salua en entrant d'un geste machinal, et s'assit dans le fauteuil de cuir que, du geste, le magistrat lui avait indiqué près de son bureau.

— Monsieur, lui dit le juge d'instruction, c'est comme témoin que j'ai pris la liberté de vous convoquer ici. Vous connaissez les tristes et mystérieux événements dont cette ville vient d'être le théâtre. A tort ou à raison, l'opinion publique donne à ces événements une origine politique. C'est pourquoi j'ai cru devoir entendre à ce sujet votre témoignage à vous, une des principales personnalités politiques de l'arrondissement. Pouvez-vous me fournir des renseignements susceptibles d'éclairer la justice ?

M. Herbelin eut une courte, mais visible hésitation. Puis d'une voix sourde il répondit :

— Je ne puis rien dire.

— Donc, vous savez quelque chose ! dit vivement le juge.

M. Herbelin eut un geste vague, mais il se tut.

— Prenez garde ! continua le magistrat d'une voix contenue. N'oubliez pas, Monsieur, que l'opinion publique vous accuse. N'oubliez pas, non plus, que je suis ici pour faire la lumière, toute la lumière, et que rien ne m'arrêtera, ni le danger ni les influences !

Le pharmacien haussa les épaules.

— Je sais, dit-il. Aux dernières élections législatives, il y eut deux électeurs tués, l'un pendant une réunion électorale, l'autre dans un véritable guet-apens. J'ai le droit de dire les choses comme elles sont, puisque, hélas ! ceux qui ont commis ces meurtres faisaient partie de mon clan. Mais la justice n'est pas intervenue : il ne s'agissait que de deux réactionnaires. Il y a un mois, dans Givry, quatre décès suspects émeuvent la population. La justice ne bouge que sous la pression de l'opinion, et encore agit-elle mollement, avec l'intention presque visible de ne pas aboutir. Mais quand viennent à succomber le député Pierrard et le juge Bardinot, deux amis du gouvernement, oh ! alors, tout change, et pour découvrir le coupable, on remuerait ciel et terre : Vive la République égalitaire, Monsieur le juge !

Le ton était triste, ironique et amer. Étonnés, les quatre hommes regardaient ce politicien dont les paroles constituaient le plus formidable des réquisitoires contre son propre parti.

— Monsieur, répondit le magistrat, je ne suis pas ici pour juger ce qui s'y est passé avant moi, mais pour faire mon devoir. Ne nous égarons donc pas. Je viens de vous dire : n'oubliez pas qu'on vous accuse. J'ajoute que, jusqu'à preuve du contraire, je ne vous crois pas coupable. Mais ma conviction est que vous connaissez ce coupable. Si je ne me trompe pas, et si vous persistez à vous taire, songez, Monsieur, à ce que sera votre responsabilité. Qui dit que vos révélations n'empêcheraient pas d'autres crimes, dont vous seriez, en vous taisant, le complice volontaire ?

Et comme le pharmacien baissait la tête.

— Car, continua le juge, mon opinion est faite sur ce point. J'ignore encore à quels motifs a obéi ce criminel. Mais ce que je sais, ce que je sens, c'est que M. le député Pierrard le connaissait, c'est que vous le connaissez aussi, vous.....

Et plus doucement :

— Le nierez-vous encore, Monsieur ?

Alors, d'une voix sourde, M. Herbelin répondit :

— Non, je ne le nierai pas..... Je le connais.

Le greffier et les deux journalistes ne respiraient plus. Le magistrat eut dans le regard un éclair vite éteint.

— Alors, poursuivit-il, accoudé sur son bureau, et jouant négligemment avec un coupe-papier d'acier, alors, puisque vous le connaissez, Monsieur, vous allez me dire le nom de l'empoisonneur ?

— Je ne peux pas, dit doucement M. Herbelin.

— Vous ne pouvez pas ! s'écria le juge. Comment ! six personnes sont mortes déjà, d'autres peuvent mourir encore. Et quand, pour punir le coupable et épargner d'autres victimes, vous n'avez qu'un mot à dire, vous ne pouvez pas dire ce mot ?

Mais alors, Monsieur, c'est de la complicité nettement caractérisée, cela ! Et cette complicité vous rend aussi criminel que le criminel lui-même !

— Je ne peux pas ! répéta le pharmacien.

— Ah ! je vois, dit le magistrat avec un intraduisible accent de mépris. Vous craignez la vengeance de votre complice ; ce qui vous ferme la bouche, c'est la peur !

— Moi ! cria M. Herbelin en se levant, les yeux étincelants, dressé dans un instinctif mouvement de colère.

Mais ce ne fut qu'un éclair. Il reprit place dans son fauteuil et haussa les épaules sans ajouter un mot.

— Alors, prenez garde ! dit le juge ; vous allez nous faire penser que ce criminel mystérieux, c'est vous !

Le pharmacien le regarda en face.

— Je vous le dirais que vous ne me croiriez pas ! répondit-il.

— Mais parlez, alors ! C'est votre devoir d'honnête homme.

— Mon devoir est de me taire.

Et avec déchirement, comme quelqu'un qui, obsédé, cède à la lassitude :

— Mais vous ne savez donc pas que cet homme m'a tiré de la misère et qu'il m'a donné celle que j'aimais ! Sans lui, je ne serais rien. Le moment est venu de lui payer ma dette ; je la paye.

Le magistrat se taisait : peut-être [illegible] causer spontanément le témoin, il avait quelque chance d'être mis sur la trace de la vérité. Le pharmacien continua :

— Je me morfondais dans une position médiocre, aimant et étant aimé. Mais un obstacle nous séparait. Celle que j'aimais avait quelque fortune [illegible] possédais même pas de quoi acheter une officine. Cet homme [illegible] et m'a dit : « Je [illegible] vous faire riche et heureux. Seulement, il faut [illegible] conditions. » Je devais m'établir à Givry [illegible] pour galvaniser l'arrondissement [illegible] de vue politique. J'ai accepté. Je possède un certain talent [illegible] [illegible] déplaisait pas. La politique [illegible] jusqu'alors indifférente. Mais peu à peu [illegible] [illegible] cisme se transformèrent bientôt en parti pris. Le résultat, vous le connaissez. Pourtant, il vint un moment où la tâche que j'avais assumée m'inspira une invincible répugnance. L'agitation, les divisions, les haines qui transformèrent ce pays jadis paisible en un véritable champ de bataille, tout cela était mon œuvre. Je combattais toute la partie saine et honnête des populations avec l'appui de gens équivoques ou tarés. Les apaches étaient mes prétoriens, et dans les bagarres électorales, il me semblait que le sang qui coulait retombait sur mon cœur. Et quel idéal politique que celui qui consiste à bafouer l'idée de Dieu et de la religion, et à saper sournoisement les bases de la société et le culte de la patrie ! Un jour, je fus las jusqu'à l'écœurement. Mais *il* me devina et me dit : « Il faut aller jusqu'au bout, ou je vous briserai. » D'un mot, il pouvait me rejeter dans la misère. Pour ma Lucie et pour ma petite Henriette, j'ai craint d'être pauvre.

Le pharmacien se tut.

— Et son but, à cet homme, le connaissez-vous ? demanda le magistrat.

— Non. En apparence, sa foi politique seule le fait agir. Il m'a fait souvent l'impression d'un exalté à froid. Et pourtant.....

— Pourtant ?

— Rien. Je ne puis rien ajouter.

Le juge se mordit les lèvres.

— Que fait-il ? D'où est-il ?

— Je ne puis vous répondre.

— Est-il riche ?

— Je l'ignore. Je sais seulement qu'il a pu disposer d'une somme relativement considérable pour m'établir.

— C'est tout ce que vous pouvez dire ?

— Oui.

— Mais comment savez-vous que cet homme est le mystérieux criminel que nous recherchons ?

M. Herbelin hésita un instant, puis finit par répondre :

— Cela, je puis vous le dire encore. Nous nous trouvions seuls avec lui, Pierrard et moi. Je ne vous dirai pas où ni comment. C'était après les élections municipales. L'échec de notre liste, balayée dès le premier tour, sans ballottage, l'avait mis dans une indescriptible colère. « Et dire, s'écria-t-il à un moment donné, et dire que je n'ai qu'un signe à faire pour que toute la bande disparaisse ? » Et plus bas, comme se parlant à lui-même, il ajouta : « Il suffirait d'ailleurs de la priver de ses chefs. » Je n'attachai pas sur le moment d'importance à ces paroles. Ce ne fut que plus tard que je m'en souvins, quand j'appris la nouvelle des morts mystérieuses que vous savez.

— Et vous persistez à ne pas vouloir nommer ce misérable ?

— Je ne peux pas.

— Mais vous pouvez du moins, sans le trahir, l'empêcher de faire de nouvelles victimes. Il vous suffira de faire connaître le redoutable et mystérieux procédé grâce auquel il peut impunément frapper ceux que sa haine a choisis.

— Je vous jure, dit vivement M. Herbelin en étendant la main, je vous jure que cela aussi reste un mystère pour moi. J'ignore absolument comment il peut s'y prendre. Si je le savais, je le dirais, dussé-je y laisser ma vie.

Son accent était sincère, et tous sentaient qu'il avait dit la vérité.

— Alors, insista le magistrat, vous persistez à vous taire ?

— Oui.

— Vous savez que, dans ce cas, entré comme témoin dans mon cabinet, vous n'en sortirez que comme inculpé de complicité ?

— Je le sais.

— Et que mon devoir est de vous faire arrêter et écrouer immédiatement ?

M. Herbelin pâlit. Mais sa voix ne trembla point quand il répondit :

— Je m'y attendais. Faites votre devoir, Monsieur.

Etendant le bras, le juge pressa un bouton fixé au mur. Deux gendarmes entrèrent, et, sur un signe, se placèrent de chaque côté du pharmacien qui se leva.

— Vous n'êtes donc plus à présent pour moi qu'un accusé,

dit le juge. Aussitôt que vous aurez choisi un avocat, je procéderai à votre premier interrogatoire.

— J'aviserai, répondit simplement le pharmacien.

Et d'un pas ferme il sortit, accompagné par les deux gendarmes. Un instant encore, on entendit leurs pas résonner dans l'escalier, puis le bruit s'éteignit.

— Messieurs, une prière, dit le magistrat en s'adressant aux deux journalistes. Vous vous rendez compte à présent que nous avons affaire à un ennemi avec lequel il ne faut négliger aucune précaution. Or, s'il venait à le connaître, ce qui vient de se passer ici serait de nature à le mettre sur ses gardes. Dans l'intérêt de la justice, je vous demande donc de garder le secret le plus absolu sur ce que vous venez d'entendre, et de vous borner, dans vos articles, à raconter simplement que M. Herbelin a été écroué à la suite de son interrogatoire, sans indiquer le véritable motif de son arrestation. Me le promettez-vous ?

Les deux journalistes s'inclinèrent. Ils comprenaient mieux que quiconque la nécessité de la dissimulation. La scène à laquelle ils venaient d'assister leur faisait entrevoir combien était redoutable l'être mystérieux pour lequel M. Herbelin venait de sacrifier sa liberté et peut-être sa vie.....

VII

L'arrestation d'Herbelin ne surprit personne à Givry.

Fidèles à leur promesse, les deux journalistes se bornèrent à l'annoncer sans en donner le motif, de sorte que pour tout le monde, il fut établi que le pharmacien était l'empoisonneur dont les crimes avaient endeuillé la cité.

Délivrée d'une angoisse profonde, la population respira. L'émotion se calma un peu ; l'on cessa de craindre, et l'on suivit avec curiosité les phases de l'instruction menée avec activité par le nouveau magistrat, que son énergie rendit vite populaire.

Herbelin avait été mis au secret le plus rigoureux, et sa

femme elle-même n'avait pu obtenir la faveur de le voir. Quelques âmes sensibles blâmaient cette impitoyable rigueur ; seuls, le juge Girard, son greffier et les deux journalistes savaient combien elle était nécessaire.

Le pharmacien n'avait voulu prendre aucun défenseur, et on avait dû lui choisir un avocat d'office. Mais, dès son premier interrogatoire, le juge d'instruction s'était heurté à une véritable obstination.

— Inutile de me questionner, avait déclaré l'inculpé ; je ne dirai plus rien.

Et dès lors il s'enferma de parti pris dans un impénétrable silence.

Le magistrat savait seulement qu'il existait un coupable, et que ce coupable, Herbelin le connaissait. Sur le moment, il avait espéré que les demi-révélations du pharmacien le conduiraient sans trop de peine sur la trace de la vérité. Mais il s'aperçut vite que, croyant savoir beaucoup, il ne savait en réalité rien d'utile. Il aurait fallu que le pharmacien complétât ses révélations, sans quoi tout ce qu'il avait dit ne servait à rien. Car qu'importait-il de savoir que le mystérieux criminel avait été chercher Herbelin pour en faire l'artisan du bouleversement politique de l'arrondissement si on ignorait le but de ce bouleversement ? Or, le pharmacien se refusant désormais à parler, le peu qu'il avait dit ne faisait que compliquer le mystère.

M. Girard comprit que, de ce côté, il ne ferait pas un pas de plus. Il se rabattit alors sur le témoignage des parents des victimes qu'il convoqua successivement dans son cabinet.

Mais, malgré l'ardeur dont il était animé, malgré son habileté professionnelle, aucun de ces témoignages ne lui fut utile. Il était prouvé qu'aucune des victimes n'était sortie le jour où le fatal sommeil les avait terrassées. Seul, le principal employé de M. Bailly s'était rendu comme de coutume à son magasin ; c'est là, dans l'après-midi, qu'il s'était endormi sur ses livres.

Voilà tout ce que le magistrat put établir. Nulle autre particularité n'avait frappé les témoins. Le fait qu'avant d'être frappées les victimes étaient ou non sorties avait-il de l'importance ?

C'est ce que se demandait M. Girard avec une obstination rageuse. Il oubliait qu'il risquait sa vie en recherchant la vérité. Il ne voyait que le but à atteindre. Pour démasquer ce malfaiteur mystérieux, il eût donné dix ans de son existence.

Ce n'était pas l'ambition qui le faisait agir. Dans cette magistrature qui, lors de nos lamentables crises politiques, avait donné trop d'exemples de complaisance servile envers les puissants du jour, il était resté un des rares indépendants qu'aucune raison de crainte ou d'intérêt n'est capable de faire transiger avec leur devoir.

Il semblait cloué à jamais comme suppléant dans le Parquet de troisième ordre où on l'avait relégué lorsque étaient survenus les événements de Givry. Les chefs se souvinrent alors que cet indépendant était aussi un habile et surtout un courageux, et ce furent eux qui l'indiquèrent au ministre, comme capable de remplir des fonctions délicates dans un poste dangereux. Plusieurs de ses collègues, choisis parmi les courtisans du pouvoir, avaient été pressentis et s'étaient récusés. Lui avait accepté simplement, sans hésitation et par devoir. Il y avait du moins gagné de monter en grade.

Il était en son cabinet et rêvait à ces choses quand, après avoir frappé, un huissier entra, une carte à la main, en disant:

— Ce Monsieur demande si M. le juge d'instruction peut le recevoir.

Le magistrat jeta un coup d'œil sur le bristol et s'écria avec vivacité :

— Mais comment donc ! Faites-le entrer tout de suite.

Et se levant, il alla au-devant de son visiteur, un grand jeune homme brun, au visage énergique et grave, lequel n'était autre que Jean Fleury, le fils du négociant qui avait été la première victime du sommeil qui tue.

— C'est vous, mon ami ? dit le juge d'instruction en lui tendant les deux mains. Je vous savais originaire de Givry, mais j'avoue que je ne vous y croyais pas. J'ai eu l'honneur de faire la connaissance de Mme Fleury, que j'avais pris la liberté de convoquer ; toutefois, je suis tellement absorbé par cette maudite affaire que l'idée ne m'est pas venue qu'elle pouvait être votre mère.....

— Oui, cher ami, c'est moi. J'ignorais, de mon côté, le nom du nouveau juge d'instruction de Givry, et c'est par hasard que je vous ai entendu nommer ce matin. Au portrait que ma mère m'a fait de vous, je vous ai reconnu tout de suite. Et me voilà.....

Jean Fleury avait commencé à faire son droit à Nancy, où un hasard l'avait mis en relations avec les parents de M. Girard. Et durant son séjour dans la capitale lorraine, le couvert de Jean Fleury était mis rue de la Ravinelle chaque fois que les vieux parents avaient la joie de revoir leur unique enfant, qu'ils adoraient, et qui n'hésitait point à faire un long voyage pour leur donner le bonheur de l'avoir quelques heures avec eux.

Bien que séparés par une différence d'âge appréciable, les deux jeunes gens s'étaient ainsi liés par une de ces solides et sincères sympathies qui résistent à tout.

Mais, depuis son retour du régiment, Jean Fleury avait abandonné ses études de droit. Il avait préféré faire à ses parents, et surtout à son père, le sacrifice de ses ambitions pour s'initier à la direction de l'importante maison de commerce de la rue Saint-Jean. Le jeune homme savait que, pour les siens, c'eût été un crève-cœur que de voir cette maison qu'ils avaient créée passer en d'autres mains. Non sans regret, il s'était mis courageusement à l'œuvre, et il avait fini par oublier tout à fait ses rêves et ses ambitions de jeunesse.

C'était de la sorte que, depuis quelque temps, les deux amis s'étaient un peu perdus de vue.

— Ce m'est une vraie joie de vous revoir, dit le magistrat en faisant asseoir son ami. Mais qui m'aurait dit jadis que nous nous retrouverions en si tristes circonstances ? Vous ne doutez pas, n'est-ce pas, de la part que je prends à votre chagrin ?

Sur un signe de M. Girard, son greffier s'était déjà retiré. Les deux amis restèrent seuls.

— Mais parlons de vous, continua le juge. Est-ce l'ami ou le magistrat que vous venez voir ?

— Les deux, répondit le jeune homme. M'autorisant de nos anciennes relations, j'ai pensé que vous ne refuseriez pas de me mettre au courant de votre instruction contre ce misérable Herbelin.

— Pour vous, vous le pensez bien, je n'aurai rien de caché. Quand vous saurez, vous comprendrez de vous-même combien s'impose la nécessité de garder le secret le plus absolu sur ce que je vais vous apprendre.

Et le magistrat conta à son ami tout ce que nous savons déjà.

— Alors, demanda Jean Fleury, Herbelin n'est pas le coupable ?

— Non ! mille fois non ! s'écria le juge. Et pourtant tout l'accuse. Mais je suis sûr de son innocence. Il est complice, voilà tout, et complice par dévouement.

— Et vous ne savez rien de plus ?

— Rien ! Pour l'instant, je me débats en pleines ténèbres, en plein mystère. C'est exaspérant. Quel est-il, ce mystérieux criminel ? Est-il marié ? A-t-il des enfants ? Habite-t-il Givry ? Peut-être le rencontrons-nous tous les jours. Peut-être, mon ami, lui serrez-vous la main ! Et cet Herbelin qui ne veut plus rien dire !

— Que comptez-vous faire ?

— Je suis las de piétiner sur place. Aussi, pour en finir, j'ai le choix entre deux moyens, entre deux expédients plutôt. Le premier consiste à révéler publiquement la véritable inculpation d'Herbelin, en laissant croire que celui-ci s'est décidé à avouer le nom de son complice. Celui-ci, se sentant menacé, se décidera probablement à frapper de nouveaux coups pour empêcher la vérité d'éclater.

— Mais c'est vous qui serez en butte à ses coups !

— C'est ce que je désire. Peut-être arriverai-je ainsi à deviner son procédé infernal, qui, remarquez-le, ne doit pas varier. Je serai de la sorte à la fois l'appât et le chasseur, et moyennant quelques précautions.....

— Mais quelles précautions voulez-vous prendre ? Se défend-on contre l'inconnu ? Ce terrible poison, qui endort d'un sommeil mortel, savez-vous comment ce bandit l'inocule à ses victimes ? Est-il vénéneux ou venimeux ? Est-il introduit dans le sang par une piqûre, dans les intestins par les aliments, dans les poumons par l'air qu'on respire ? Des précautions ? Non, nulle précaution n'est possible. Renoncez à votre projet, mon ami ; croyez-moi, c'est en vain que vous exposeriez votre vie. Avant de chercher à démasquer le coupable, il faut savoir comment il frappe.

— Alors, laissez-moi vous exposer mon deuxième moyen. Il consiste à lever le secret d'Herbelin, mais à faire surveiller celui-ci dans sa prison, de très près et sans qu'il s'en doute, par un prisonnier...... complaisant. C'est un moyen qui a déjà réussi quelquefois.

— Vous pensez donc que l'empoisonneur cherchera à communiquer avec Herbelin ?

— N'en doutez pas. De même qu'Herbelin cherchera à communiquer avec lui.

— En y réfléchissant, ce moyen-là me paraît, en effet, intéressant ; et il peut donner quelque chose.

— Je l'espère.

— Mais ce prisonnier...... complaisant ?

Le magistrat sourit.

— Un policier de la brigade mobile. Je n'ai qu'à téléphoner à Nancy.

— Dans ces conditions, votre second moyen me paraît bien préférable à l'autre ; il est surtout moins dangereux.

— Il l'est quand même ; mais n'importe ! Votre avis me décide. Je vais faire tout de suite le nécessaire. Vous partez ! Revenez me voir souvent, n'est-ce pas ? Et mes respectueuses condoléances à ces dames.

— Pourquoi ne viendriez-vous pas les leur apporter vous-même ?

— Imprudent ! Voudriez-vous donc faire savoir à l'empoisonneur mystérieux, qui doit être à l'affût de la moindre de mes démarches, que je suis un ami pour vous et les vôtres, et que vous êtes devenu mon confident ? C'est assez que le danger soit suspendu sur une seule tête !

..... Le lendemain, deux gendarmes qui fumaient tranquillement leur pipe dans la cour de leur caserne voyaient s'arrêter dans la rue en face d'eux un ignoble voyou qui, débraillé, tête nue, en manches de chemise et la figure pleine de poussière, se mit à hurler :

— Vive Garnier ! Vive Bonnot ! A bas les flics !

— M'est avis, l'ami, dit tranquillement un des gendarmes, que vous feriez mieux d'aller cuver votre vin ailleurs.

— De quoi ? cria le voyou en festonnant. Je m'en irai si je veux, hé, Pandore ! La rue est à tout le monde. Viens donc me « sortir », si t'es pas un feignant !

Bref, le voyou fit si bien que les gendarmes l'empoignèrent. Alors, ne se contentant pas de les insulter, il tenta de les frapper.

Deux heures plus tard, après un court passage au Parquet, ce personnage, qui se refusa à dire son nom, était écroué à la maison d'arrêt sous l'inculpation d'outrages et de rébellion à la force publique.

Or, cet admirateur véhément des « bandits tragiques » n'était autre qu'un policier de la brigade mobile de Nancy, débarqué le matin même à Givry, et nommé Oscar Plumet. Et la comédie qu'il jouait était le résultat du long entretien qu'il venait d'avoir en secret avec le juge d'instruction.

VIII

Un matin, le gardien-chef entra dans la cellule — laquelle, d'ailleurs, était une véritable chambre — de l'inculpé Herbelin, et annonça à celui-ci qu'il n'était plus au secret.

— Alors, demanda vivement le pharmacien, je pourrai écrire ?

— Oui, mais, avant d'être envoyées, vos lettres devront passer sous les yeux de l'administration.

— Et les lettres que je recevrai ?

— Aussi.

L'inculpé baissa la tête. Puis il questionna encore :

— Je pourrai voir ma femme ?

— Oui.

— Alors, c'est tout ce que je désirais savoir.

— Vous ne voulez pas voir M. le juge d'instruction ?

— Non.

Le gardien se retira et entra dans une cellule voisine où, placide, le voyou arrêté la veille par les gendarmes fumait une cigarette. Il n'était ni moins sale ni moins débraillé, mais l'administration lui avait prêté un bourgeron et une coiffure.

— Eh bien ? interrogea-t-il quand il vit entrer le gardien-chef.

— Eh bien ! Monsieur Plumet, sa première question a été de demander s'il pourrait écrire.

— Bon, cela !

— Et la seconde de s'informer s'il serait autorisé à voir sa femme.

— Parfait !

Et le policier, que nos lecteurs avaient déjà reconnu sans doute, se frotta les mains.

— J'en sais assez, continua-t-il. Maintenant, mon cher Monsieur Robin, vous pouvez filer.

N'étant plus au secret, Herbelin put jouir d'une sortie dans la cour de la prison en même temps que les autres détenus. Jusqu'alors, il avait refusé de profiter de cette sortie, qu'il aurait dû faire à part, et à une heure différente.

Pendant son absence, Oscar Plumet, armé d'un vilebrequin, put percer dans la cloison en brique qui séparait les deux cellules un trou suffisant pour lui permettre de voir ce qui se passait chez son voisin.

Dans l'après-midi, on vint prévenir le pharmacien que sa femme l'attendait au parloir, où il avait l'autorisation de la voir. Il s'y rendit, accompagné du gardien qui devait assister à l'entrevue.

Cette entrevue fut courte, mais impressionnante. Les premiers mots d'Herbelin furent ceux-ci :

— Dis-moi que tu ne me crois pas coupable, Lucie !

Grande, mince, blonde, vêtue de noir comme une veuve, Mme Herbelin répondit :

— Jamais je ne t'ai cru coupable, mon ami. Je te connais trop pour cela.....

Et ils s'embrassèrent en pleurant.

Le gardien, un homme mince à la figure maigre, dont le regard semblait extraordinairement pénétrant, se moucha bruyamment, peut-être pour dissimuler son émotion. Chose étrange, ce n'était pas le visage du détenu et de sa femme qu'il regardait, mais leurs mains, et surtout celles du pharmacien.

L'entrevue terminée, cet homme ramena l'inculpé dans sa cellule, puis entra dans la cellule voisine, où l'attendait le gardien-chef. Sans dire un mot, il alla tout de suite à la cloison et en retira avec précaution une sorte de petite cheville de bois à la place de laquelle il colla son œil. Il put voir ainsi Herbelin qui, assis devant sa table, la tête dans ses mains, semblait plongé dans des réflexions profondes. Le prisonnier resta ainsi quelques minutes, puis fit quelques pas dans sa cellule, et enfin se jeta sur son lit.

L'observateur remit alors sa cheville, et, toujours silencieux, enleva son vêtement de gardien pour revêtir la défroque du voyou.

— Tout va bien, dit-il enfin au gardien-chef. Il n'a pu rien dire à sa femme, et je suis sûr qu'il ne lui a glissé aucune lettre.

— Comment l'aurait-il pu ? Il ne possède ni le moindre morceau de papier ni le moindre crayon.

— N'importe ! répondit Plumet. Mieux valait ouvrir l'œil. Mais attention la prochaine fois.

Le surlendemain, dans l'après-midi, le prisonnier eut une nouvelle entrevue avec sa femme. De nouveau, mué en gardien, Oscar Plumet vit cette fois du premier coup d'œil que la main droite de Mme Herbelin était dégantée. Puis, après les premières effusions, le pharmacien mit sans affectation la main gauche dans sa poche ; il la retira, du reste, presque aussitôt.

Aussi fut-ce avec une promptitude qui s'explique que, à peine le prisonnier rentré dans sa cellule, Plumet se précipita à son observatoire.

Il vit le pharmacien debout, et tenant à la main une enveloppe blanche, de format moyen. Le prisonnier coupa cette enveloppe avec son canif à ongles, et en retira un rectangle de papier qu'il se mit à lire avidement. Il recommença sa lecture, d'ailleurs assez courte, deux ou trois fois, puis jeta les yeux autour de lui, comme un homme qui cherche quelque chose. Enfin il remit le rectangle de papier dans l'enveloppe, roula le tout en une petite boule qu'il mit dans sa poche. Et, s'asseyant devant sa table, il se mit à rêver, dans l'attitude qui lui était familière.

— Ouf ! dit le policier en replaçant sa cheville avec précaution. J'ai cru qu'il allait déchirer la lettre. Mais il compte sans doute la faire disparaître pendant sa promenade dans la cour. Maintenant, mon bon Monsieur Robin, en avant les grands moyens !

Et tirant de son gousset une minuscule fiole plate :

— Au dîner de ce soir, il faudra servir au prisonnier une assiette de potage. Dans ce potage, vous aurez soin de laisser tomber trois gouttes de cette innocente mixture, pas une de plus, pas une de moins.

— Mais.....

— Je réponds de tout, Monsieur Robin. Et puis, n'oubliez pas que vous devez m'obéir en tout. D'ailleurs, je vais vous rassurer : le prisonnier en sera quitte pour dormir d'un sommeil un peu plus profond que d'habitude, voilà tout.

Vers 9 heures du soir, Oscar Plumet, qui avait remarqué de son observatoire que le prisonnier avait fait honneur à son potage, se glissa doucement dans sa cellule où, à tâtons, mais silencieusement, il fit main basse sur les vêtements du pharmacien. De retour dans sa cellule à lui, il explora ces vêtements avec précaution, et son cœur bondit quand, dans une pochette du gilet, il sentit sous ses doigts une petite boule de papier.

Il s'assit devant sa table, raviva la flamme de la lampe, et malgré son émotion, défroissa avec méthode l'enveloppe de laquelle il put extraire sans dommage le rectangle de papier blanc. Et tout de suite, il put lire les lignes suivantes, *imprimées à la machine à écrire :*

Je devine ce que vous avez fait. Merci. Mais si vous ne vous sentez pas assez sûr de vous pour vous taire toujours, et si vous ne craignez pas la mort, la prochaine fois que vous la verrez, dites à Mme Herbelin ces simples mots : « Il peut agir. » Elle ne comprendra pas, mais je serai averti. Dans ce cas, elle vous remettra par la suite une autre lettre par laquelle vous serez au courant, et elle et votre enfant seront pour toujours à l'abri du besoin. Détruisez.

IX

Dans la matinée du lendemain, deux gendarmes se présentaient à la prison, et conduisaient devant M. le juge d'instruction le chenapan arrêté quelques jours auparavant sous l'inculpation d'outrages et de rébellion à la force publique.

Quand il fut en présence de M. Girard, ce personnage se refusa à dire son nom ; de plus, il assura qu'il avait d'importantes révélations à faire, mais qu'il était décidé à ne parler que seul à seul avec M. le juge.

— Qu'à cela ne tienne ! dit aussitôt celui-ci qui renvoya son greffier et les gendarmes.

Et dès qu'ils furent seuls, le magistrat demanda :

— Du nouveau ?

— Et comment ! répondit Oscar Plumet.

Puis, en quelques mots, il mit le juge au courant du résultat de sa surveillance.

— Avant de remettre la lettre dans la poche où je l'avais trouvée, et les vêtements dans la cellule du prisonnier, termina-t-il, j'ai pris une copie du poulet. La voici.

Et le policier mit sa copie sous les yeux de M. Girard, qui la lut avidement. Quand il eut fini de lire, il était tout pâle et murmura :

— C'est effrayant !

— Vous pouvez le dire, Monsieur le juge. Vous me croirez si vous voulez, mais, hier soir, en lisant ça, j'avais la chair de poule !

— C'est à se demander si l'on rêve ! Jouer ainsi avec la vie des autres ! proposer ainsi froidement le suicide à un homme, pour être plus sûr de son silence !

— Et quel luxe de précautions ! Très fort, le type ! Ce ne sont pas les caractères de la machine à écrire qui le trahiront !

— Et Herbelin ? demanda le magistrat après un instant de silence.

— Quand il a lu la lettre, je n'ai vu sur sa figure aucune trace d'émotion. Cet homme-là doit être en bronze.

— Votre avis ? Pensez-vous qu'il acceptera de mourir ?

— Je le crois.

— C'est vrai, dit lentement le juge d'instruction comme se parlant à lui-même. Quoi qu'il arrive, sa vie est désormais brisée. Même remis en liberté, que deviendrait-il à présent ? Si sa mort peut arracher à la misère sa femme et sa fille, qu'il chérit plus que tout, il consentira à mourir. Ah ! ce misérable connaît bien les hommes !

— Alors, qu'allons-nous faire, Monsieur le juge ?

Celui-ci ne répondit pas. Très agité, il se promenait dans son cabinet, pensif. Certes, une chance se présentait de faire la lumière. Les termes de la lettre étaient explicites : le mystérieux criminel se faisait fort de donner la mort au pharmacien jusqu'au fond même de sa prison. Par quel moyen ? Serait-ce Mme Herbelin qui se ferait la complice de ce suicide en lui remettant une arme ou du poison ? Non. La lettre ne laissait aucun doute sur ce point. « Elle ne comprendra pas », disait l'inconnu en parlant de Mme Herbelin. Elle ne pouvait donc être qu'une messagère, et non une complice. Du reste, elle aimait son mari et le croyait innocent ; dans ces conditions, elle ne pouvait vouloir sa mort.

Mme Herbelin connaissait-elle l'homme pour lequel son mari s'était dévoué ? Le juge ne le pensait point. Cet homme était trop avisé pour avoir commis l'imprudence de s'aboucher directement avec elle. Il en avait fait sa messagère par un moyen détourné qui assurait sa sécurité, et Mme Herbelin ne le connaissait pas.

— Alors ? interrogea de nouveau le policier après qu'ils eurent échangé ces réflexions.

— Alors, répondit le juge, la question se résume ainsi : par Mme Herbelin, nous ne pourrions rien savoir, tandis que si nous laissons aller les choses tout en continuant notre surveillance, nous avons chance d'aboutir. La question est de savoir si nous devons laisser se consommer un suicide, ou un assassinat, si vous préférez, alors que nous pouvons l'empêcher. Ah ! si nous savions comment ce misérable frappe ses victimes !

— Mais c'est précisément le moyen de le savoir, Monsieur le juge. Songez, en effet, à ceci : l'empoisonneur mystérieux ignore l'étroite surveillance exercée en prison autour de son complice. Si donc celui-ci, comme c'est probable, accepte de mourir, il mourra comme sont mortes les précédentes victimes du sommeil qui tue. Mais les faits et gestes d'un prisonnier sont infiniment plus faciles à surveiller que ceux d'un homme en liberté, qui va et qui vient. Si Herbelin est frappé, il ne pourra nous échapper qu'auparavant s'est passée telle ou telle particularité, ou qu'il s'est livré à tel acte anormal. Mieux : dès l'instant où il aura reçu la nouvelle lettre qui lui annonce, remettez Herbelin au secret, et donnez-lui un compagnon de cellule qui ne le quittera pas d'un instant. De la sorte, tout en le protégeant ainsi malgré lui contre la mort, nous [illegible] chance d'être renseignés.

— [illegible] sur la manière de procéder du criminel, ce compagnon de cellule courra peut-être autant de danger qu'Herbelin.....

— Et puis après ?

— Mais qui consentira ?.....

— Qui ? Mais moi !

— Vous ?

— Sans doute ! répondit le policier avec simplicité. Herbelin se dévoue bien pour une canaille. Ne puis-je me dévouer pour les braves gens ?

Impressionné par cette tranquille bravoure, le magistrat le regarda avec une admiration émue.

— Vous êtes un brave, [illegible] dit-il en lui serrant la main. [illegible] vous le voulez, allez donc ! Mais songez que si vous répondez de la vie du prisonnier, la vôtre est plus précieuse encore.

— Soyez tranquille, Monsieur le juge.

— Une question : vous êtes marié ?

— Une femme et deux enfants qui m'attendent à Nancy, répondit le policier dont, un instant, le regard clair s'embua. Bah ! il ne m'arrivera rien, vous verrez !

— S'il vous arrive quelque chose, Plumet, soyez rassuré sur le sort des vôtres : j'y veillerai.....

— Merci, Monsieur le juge. Mais je crois au bon Dieu, moi, il sera là pour un coup.

Les deux hommes échangèrent de nouveau une vigoureuse étreinte.

— Allez donc, mon ami, répéta le magistrat. Et que Dieu vous garde !

X

A trois jours d'intervalle, Herbelin eut encore avec sa femme deux entrevues auxquelles le policier assista. A la première, il entendit distinctement le pharmacien prononcer à mi-voix les mots fatals : *Il peut agir*. A la seconde, il vit Mme Herbelin glisser une lettre dans la main de son mari.

Aussitôt que celui-ci eut réintégré sa cellule, le policier prit place à son observatoire, et vit le pharmacien tirer de sa poche une enveloppe qu'il ouvrit. Cette fois, l'enveloppe était un peu plus longue, et la lettre elle-même était pliée en deux. Le prisonnier y jeta les yeux. Une sorte d'étonnement, où il y avait de la déception, se peignit sur son visage. Il sembla relire la lettre plusieurs fois. Le papier devait être parfumé, car, d'un geste machinal, le pharmacien l'approcha de son visage, semblant humer une odeur. Puis il la lut encore une fois, replia la lettre, la replaça dans l'enveloppe, et, sans le froisser cette fois, mit le tout dans la poche intérieure de son veston. Enfin, la tête penchée, les mains derrière le dos, il se mit à marcher de long en large dans sa cellule.

— Diable ! dit Oscar Plumet en quittant son observatoire, du papier parfumé ?..... Est-ce que l'empoisonneur mystérieux serait une femme ?

Il ne prit pas le temps d'approfondir cette idée, qui ouvrait aux suppositions un horizon insoupçonné. Avant tout, il importait d'agir vite.

Cette dernière entrevue avait eu lieu dans la matinée, vers 9 heures. Un quart d'heure plus tard, le gardien-chef se présenta dans la cellule du pharmacien :

— J'ai ordre, dit-il, de vous transférer dans une autre cellule, où vous aurez un compagnon.

Le prisonnier pâlit un peu.

— Ah ! fit-il. Et pourquoi ?

— C'est l'ordre ! répondit simplement le gardien.

Herbelin n'insista pas et le suivit.

Dans la cellule où il fut conduit, il se trouva en présence d'un homme débraillé et hirsute qui s'écria avec un accent traînant des plus caractéristiques :

— Tiens ! un aminche. Très chic, l'administration ! Dites donc, chef, est-ce qu'on pourra faire des manilles ?

— Je n'y vois pas d'inconvénient, dit le chef en souriant. Je pourrai même vous fournir ce qu'il faut.

— Vous êtes un chic zigue, vous. Hein ! mon poteau ?

Mais le pharmacien haussa les épaules sans rien dire. Visiblement, ce compagnon aux allures équivoques n'était pas de son goût.

Ce fut en vain que celui-ci essaya de lier conversation. A la fin, Herbelin, qui semblait fort énervé, lui répondit simplement :

— Fichez-moi la paix !

— Ah ! malheur, s'écria l'autre. T'es encore bien un sale bourgeois, toi..... Comme si, à la piaule, tous les aminches n'étaient pas frères !

Cela dit, il n'insista plus. Au repas de midi, tandis que le pharmacien se contentait de son potage, lui mangea comme quatre. Puis, au gardien-chef qui venait voir comment les deux prisonniers s'accordaient, il demanda des livres « pour ne plus voir la sale tranche du bourgeois ».

Vers 2 heures, le pharmacien que, sans en avoir l'air, son compagnon surveillait tout en lisant, s'assoupit sur la table, la tête dans ses mains.

Le fait intrigua Oscar Plumet qui, après avoir hésité, prit le parti de secouer le dormeur en criant :

— Hé ! bourgeois ; si vous avez sommeil, faut aller au lit !

Mais, en dépit de ses efforts, le « bourgeois » n'en persista pas moins à dormir.

— Est-ce que cet animal de gardien-chef aurait usé de ma petite fiole sans me le dire ? se demanda tout haut le policier. Oui, ce ne peut être que ça ; nous avons eu du potage, à midi. Il a cru bien faire, cet homme. Le fait est que ça va me permettre de regarder tout de suite la fameuse lettre.....

Et, ouvrant le veston du dormeur, il trouva tout de suite la lettre dans la poche où il l'avait vu mettre.

C'était une de ces élégantes enveloppes oblongues dont, dans le monde, on se sert généralement pour les correspondances intimes. Le papier à lettre était double, et de plus plié en deux dans le sens de la largeur. L'ayant déplié avec précaution, le policier n'y lut que ces quelques mots, imprimés à la machine à écrire :

Tout est arrangé. Vous n'avez plus qu'à attendre. Les vôtres sont désormais pour toujours à l'abri du besoin. Détruisez.

C'était tout.

Oscar Plumet fut déconcerté par ce laconisme. Il s'était attendu à des instructions longues et compliquées, dont il eût pu faire son profit. Mais ces deux lignes n'expliquaient rien, n'éclaircissaient rien. Le mystère restait obscur et plus troublant que jamais.

Un discret parfum émanait de l'élégant papier anglais, que le policier approcha machinalement, tout ouvert, de son visage, pour mieux en respirer l'odeur, qu'il ne reconnut point : c'était, en effet, comme un mélange de verveine et de violette.

— Il n'y a que les femmes qui parfument ainsi leur papier à lettre, murmura-t-il, perplexe. Après tout, pourquoi ne serait-ce pas une femme ? Le poison n'est-il pas leur arme favorite ?

Pensif, il remit la lettre dans l'enveloppe et le tout dans la poche où il l'avait pris. Mieux valait, en effet, que le pharmacien, du moins jusqu'à nouvel ordre, n'eût aucun soupçon. D'ailleurs, n'étant jamais seul, il lui serait impossible de détruire la lettre.

Le reste de l'après-midi, le policier l'employa à réfléchir. Il était plus déconcerté que jamais. Il se répétait à lui-même les phrases sibyllines : « Tout est arrangé. Vous n'avez plus qu'à attendre. » Attendre quoi ? La mort ? Mais comment cette mort viendrait-elle ? Il était bien certain que le prisonnier n'avait aucune arme sur lui. Mme Herbelin ne lui avait rien remis autre chose que cette lettre.

Le pharmacien dormait toujours. Une angoisse qu'il ne s'expliquait pas étreignait le policier. Il avait l'impression que la mort rôdait dans cette cellule, sous une forme mystérieuse qui le laissait impuissant. Parfois, en regardant dormir le prisonnier dont on avait confié la sûreté à sa vigilance, il lui venait une pensée qu'il rejetait vite, mais qui lui faisait monter au front une sueur froide. A plusieurs reprises, il consulta sa montre, s'impatientant après le gardien-chef, qui ne devait venir qu'à 6 heures.

Enfin, des pas retentirent dans le couloir et la porte de la cellule s'ouvrit. Mais c'était un des sous-ordres du chef qui venait apporter le repas des deux prisonniers.

— Le chef n'est pas là ? interrogea le faux détenu.

— Il est entrain de dîner.

— Dites-lui de venir tout de suite.

Le gardien eut l'air étonné ; il eut un coup d'œil pour le pharmacien qui dormait sur la table, mais il ne fit aucune observation et alla chercher son chef qui vint aussitôt.

— Il y a du nouveau ? demanda-t-il en entrant.

— Vous devez vous en douter. Une autre fois, quand vous userez du contenu de ma petite fiole, prévenez-moi.

Le gardien-chef ouvrit de grands yeux.

— Votre petite fiole ? dit-il étonné. Mais je ne m'en suis pas servi !

D'un bond, le policier fut debout. Il saisit les mains du chef.

— Vous n'avez rien mis dans le potage du prisonnier ?

— Mais non ! Je ne l'aurais pas fait sans votre ordre, voyons !

— Alors, dit Oscar Plumet, qui était devenu blême, alors nous sommes perdus. Regardez !

Et il montrait Herbelin toujours immobile dans son attitude de dormeur.

— Je..... Je ne comprends pas.....

— Vous ne comprenez pas ? cria le policier en lui serrant le bras à le briser. Sachez donc que voilà plus de quatre heures qu'il dort ainsi, et qu'il ne s'éveillera plus, car il dort du sommeil qui tue ! Et j'étais là, et je ne l'ai pas quitté du regard, et je n'ai rien vu !

— Oh ! dit le gardien-chef, qui s'effondra sur un siège.

— Etre là, et n'avoir rien deviné ! continuait le policier qui se promenait dans la cellule en bousculant rageusement tout ce qu'il rencontrait. Que va dire le juge ? Je suis responsable de la vie de cet homme, moi ! C'est à devenir fou ! Rien ! Rien ! Mais je suis donc le dernier des imbéciles ! Quoi ? Comment ? Oh ! je donnerais dix ans de ma vie pour savoir !

Il s'arrêta et s'assit.

— C'est drôle ! dit-il, la voix changée, en passant la main sur son front ; on dirait que j'ai sommeil !

Blême, le gardien-chef se dressa :

— Vous aussi ? cria-t-il.

— J'ai sommeil, répéta le policier.

Et tous deux se regardèrent, hagards.

Le gardien-chef tremblait. Ses regards affolés erraient dans la cellule, comme s'ils y cherchaient le mystérieux criminel qui, invisible, frappait de mort ses victimes en se riant des obstacles.

Mais bientôt, courageux au fond, et conscient de sa responsabilité, cet homme se leva.

— Je vais faire appeler un médecin, dit-il.

Le policier le retint. Et d'une voix déjà pâteuse, mais étrangement calme :

— Restez ! ordonna-t-il. Je sens qu'avant cinq minutes, le sommeil sera plus fort. Je suis fichu, et vous savez bien que les médecins n'y pourront rien. Mais je veux comprendre, afin que ma mort serve du moins à quelque chose. Ecoutez-moi.

Vous raconterez tout au juge d'instruction, mais à lui seul, vous entendez ? Ce matin, Mme Herbelin a remis une lettre à son mari. Celui-ci l'a lue, et à peine un quart d'heure plus tard, il a été transféré avec moi dans cette cellule. Je ne l'ai pas quitté depuis et je n'ai remarqué chez lui aucune émotion ni quoi que ce soit d'anormal. Vers 2 heures, il s'est endormi. N'oubliez pas de dire que je croyais que c'était à cause de ma drogue, que vous auriez pu employer sans me prévenir. J'ai profité de son sommeil pour lire la lettre. Puis je l'ai remise dans la poche gauche de son veston, où..... Ah !.....

Et d'un effort violent, le policier se redressa :

— Je comprends ! cria-t-il. La lettre !..... La lettre !..... Qu'il ne l'ouvre pas ! Que personne..... ne l'ouvre !..... C'est la mort !..... C'est..... la..... mort..... Je..... je ne..... peux.....

Il prononça encore quelques mots indistincts. Puis ses yeux se fermèrent, et le buste appuyé au dossier de son siège, le menton sur la poitrine, il dormit.....

XI

Ainsi, malgré sa vigilance et son habileté, l'infortuné policier avait succombé à la tâche, victime de son dévouement.

Mais, du moins, ce dévouement ne fut pas inutile. Grâce à lui, le mystère avait reculé, et une partie de la vérité apparaissait. Si on ne connaissait pas le coupable, du moins entrevoyait-on comment il frappait.

Ainsi qu'il arrive souvent, cette découverte devait en entraîner une autre, extrêmement importante celle-là, puisqu'elle conduisit le magistrat jusqu'au criminel lui-même.

Nous allons voir comment M. Girard fut amené sur les traces de la vérité.

Le lendemain des événements que nous venons de raconter, le juge d'instruction avait prié Jean Fleury de passer à son cabinet. Il tenait à mettre son ami au courant de ce qui s'était passé la veille à la prison. Très frappé du sort du pauvre Oscar Plumet, qu'il s'accusait d'avoir laissé aller à la mort, il insista sur le dévouement si simple de cet humble policier, ainsi que sur la présence d'esprit dont il avait fait preuve avant de succomber.

— Personne en ville ne se doute encore de rien, termina-t-il. J'ai recommandé la plus grande discrétion au gardien-chef, ainsi qu'au médecin qui soigne, sans espoir, hélas ! les deux malades. Quant à la lettre, la voilà !

Et il montra sur le bureau l'enveloppe oblongue que Jean Fleury regarda, impressionné.

— Vous ne l'avez pas ouverte ? demanda-t-il.

— Pas encore ! répondit simplement le magistrat.

— Une lettre ! prononça lentement le jeune homme. C'est dans une lettre que l'empoisonneur envoyait la mort..... J'ai déjà eu vaguement cette idée, moi. Je n'avais pas osé vous en parler ; mais toutes les lettres que mon père avait reçues ce jour-là, je les ai conservées.

— Pour une autre raison, je m'étais de même fait remettre la correspondance de MM. Bailly et Bouvelin. Je n'y ai jusqu'alors rien retrouvé d'intéressant. Pas une de vos lettres à vous ne vous a semblé suspecte, mon ami ?

— Pas une. Ce sont toutes des lettres de commande ou de fournisseurs.

— Ecrites à la machine à écrire ?

— Quelques-unes, oui.

— Toutes reçues par la poste ?

— Sauf une.

— Laquelle ?

— Une commande d'un de nos clients d'ici.

Le magistrat eut un mouvement.

— Tiens ! dit-il. Et vous le connaissez ?

Le jeune homme rougit un peu.

— C'est un professeur.

Et après une courte hésitation :

— Le père d'une enfant que j'aime.

Le juge d'instruction avait fait un mouvement comme pour ouvrir un tiroir de son bureau. Quand il entendit ces derniers mots, il sembla se raviser.

— Ah ! dit-il en repoussant le tiroir déjà entr'ouvert. Et cette enfant vous aime aussi ?

— Je le crois.

— Et vous ne vous mariez pas ?

— Son père s'y oppose.

— Ah ! dit encore M. Girard. Pourquoi ?

— Je l'ignore.

— Quel homme est-ce ?

— Je ne lui ai jamais parlé. Il est ici depuis une dizaine d'années. Il est veuf et n'a qu'une enfant : Marguerite. Sa sœur habite avec lui. Il vit très retiré et sort peu. Sa vie est presque austère. On l'estime, mais on l'aime peu. Il semble posséder une certaine fortune.

— Comment avez-vous fait la connaissance de sa fille ?

— Dans une des rares soirées où sa tante la conduit. Je l'ai aimée tout de suite. J'ai pu la voir ainsi quatre ou cinq fois. J'ai été entraîné à lui faire respectueusement part de mon amour pour elle. Et je croyais être payé de retour lorsqu'un jour elle me déclara, très troublée, que nous ne devions plus nous revoir. Et comme, la mort dans l'âme, je la questionnais, elle me répondit simplement : « Je dois obéir à mon père. » Je n'en ai jamais su davantage.

— Et vous croyez qu'elle vous aime ?

— Je le crois. D'ailleurs, on ne l'a plus vue depuis dans aucune soirée. Je n'ai pu la revoir que de loin en loin, en passant, quand elle sort en ville, accompagnée de sa tante ou de son père. Elle est changée et paraît triste.

— Et comment se nomme-t-il, ce professeur ?

— Achille Brochain.

— Et il est professeur de.....

— Physique et chimie.

Le magistrat eut une légère toux. La tête baissée, il semblait regarder machinalement le coupe-papier qu'il avait en main. Il reprit :

— Si, comme vous le dites, il sort peu, sait-on à quoi il occupe ses loisirs ?

— On dit qu'il partage son temps entre des expériences de

chimie et l'étude de vieux manuscrits, dont il est un collectionneur fervent.

— Il est âgé ?

— Une cinquantaine d'années.

— S'occupe-t-il de politique ?

— Comme tout le monde, ni plus ni moins.

— Dans quel sens ?

— Vous me le demandez ? Il est fonctionnaire, et tous les fonctionnaires n'ont pas votre indépendance, mon ami. Il était membre de l'ancien Conseil municipal.

— Ah ! Anticlérical, alors ?

— Sans excès. Toutefois, on dit qu'il est franc-maçon, et même vénérable.

— Et sa fille ?

— La sœur du professeur est une catholique convaincue. Grâce à son influence, sans doute, Marguerite pratique également.

— Elle est jolie, cette enfant ?

— Celle qu'on aime est toujours jolie.

— Hélas ! fit le magistrat avec mélancolie, je ne l'ai jamais su, moi. Vieux garçon je suis, vieux garçon je resterai.

— A trente-six ans ! dit le jeune homme. On se marie plus tard encore.....

— Nous verrons. Pour vous, mon ami, espérez malgré tout que le père de votre ange finira par se laisser attendrir. Si, comme c'est probable, il aime sa fille, il ne doit pas vouloir son malheur. Mais c'est assez parlé de cela ; revenons à nos moutons, voulez-vous ?

— Je le veux bien ! répondit Jean Fleury, qui soupira.

XII

— Quand l'idée vous est-elle venue de conserver les lettres reçues le jour où votre père s'est endormi ? poursuivit le magistrat.

— Lorsque je suis entré dans son bureau pour la première fois depuis sa mort, c'est-à-dire trois jours après.

— Toutes les lettres étaient dépliées ?

— Mon père avait cette habitude. Il ne les classait que le lendemain du jour où il les avait reçues.

— Comment les classait-il ?

— Il les accrochait à deux clous différents, l'un destiné aux lettres de commande, l'autre aux lettres de fournisseurs.

— Et vous avez examiné attentivement toutes les lettres reçues ce jour-là ?

— Très attentivement, oui, ainsi, du reste, que celles de la veille.....

— Et vous n'y avez rien remarqué d'anormal ?

— Absolument rien.

— Vous les avez sans doute rangées ?

— Je les ai même sur moi, les ayant prises à tout hasard.

Et le jeune homme déposa une petite liasse sur le bureau du magistrat. Celui-ci eut un mouvement de satisfaction vite réprimé; puis, méthodiquement, attentivement, il lut les lettres l'une après l'autre. Il y en avait une dizaine. Jean Fleury avait raison ; ce n'étaient que de banales communications de clients ou de fournisseurs. Toutes semblaient authentiques et l'étaient, en effet.

— Ah ! voici la lettre, ou plutôt la carte-lettre du professeur Brochain, dit M. Girard. Il était inutile de la joindre à ces paperasses, mon ami. Peut-être, ajouta-t-il malicieusement, teniez-vous à la garder pour un autre motif ?

— C'est *son* père ! dit le jeune homme qui rougit un peu.

Néanmoins, et comme par acquit de conscience, le juge d'instruction parcourut rapidement cette missive par laquelle « M. Brochain priait M. Fleury de vouloir bien confier au porteur, pour essayer, deux ou trois paires de chaussures de fatigue, pointure 42 ».

Avec la banale formule de politesse et la signature, c'était tout.

— M. Brochain s'occupe donc lui-même de ce genre d'acquisition ? demanda le magistrat.

— Il a toujours eu l'habitude d'agir ainsi.

— C'est d'un chef de ménage avisé, dit M. Girard en reposant négligemment la carte-lettre au milieu de la petite liasse. Bien que je croie la chose inutile, laissez-moi encore toutes ces lettres, mon ami. Je les examinerai à tête reposée. Maintenant, autre chose ; j'ai fait ma petite trouvaille, moi aussi.

Et prenant dans un tiroir une enveloppe qui semblait avoir été froissée, il la tendit au jeune homme qui lut cette adresse *imprimée à la machine à écrire :*

Monsieur le juge d'instruction,
au Parquet, Givry-sur-Mouzon (*Meuse*)

— Remarquez, dit le magistrat, remarquez les deux timbres de la poste. Cette lettre a été envoyée, *de Givry même*, le 25 mai et reçue le 26. *Or, c'est le 26 que mon prédécesseur s'est endormie du sommeil qui tue.* De plus, comparez ces deux enveloppes : celles que voici, et celle qui contient la lettre encore mystérieuse reçue hier par Herbelin : *ce sont absolument les mêmes.* Donc, c'est le même personnage qui les a envoyées ; ce personnage n'est autre que l'empoisonneur mystérieux, et les lettres qu'il envoie sont des messages mortels dont il fait impunément l'instrument de ses crimes !

— Mais comment ?

— Notre pauvre Plumet l'a deviné au dernier moment. Malheureusement, il n'a pas eu le temps de tout dire, et n'a pu que nous mettre sur nos gardes. Nous savons seulement une chose : c'est qu'il y a danger de mort à ouvrir ces lettres.

— Vous n'êtes donc pas en possession de la lettre contenue dans cette enveloppe qui fut adressée à votre prédécesseur ?

— Non. J'ai découvert par hasard cette enveloppe dans la corbeille de bureau de ce pauvre M. Bardinot. Malheureusement, elle était vide, et je n'ai pu retrouver son contenu. Il n'y avait que des vestiges de lettres déchirées, et qu'il m'a été impossible de reconstituer. Toutefois, j'ai remarqué des morceaux d'une lettre imprimée à la machine à écrire, ce qui serait de nature à m'enlever tous mes doutes, s'il m'en restait encore.

— Mais tout cela constitue un ensemble d'indices, sinon de preuves, fort intéressant !

— Je le sais, mon ami. Et je me réjouirais de ce résultat s'il n'allait pas coûter la vie à notre pauvre Plumet.

— Soupçonnez-vous donc le coupable ?

— A présent, j'ai plus que des soupçons, mon ami ; j'ai presque une certitude.

— Vous seriez si près de la vérité ?

— Oui. Mais ne m'en demandez pas plus pour aujourd'hui. Je puis encore me tromper.

Et gravement, presque tristement :

— Et si je ne me trompe pas, d'autres victimes innocentes ont le temps de savoir que le coupable fera encore souffrir et pleurer !.....

XIII

Le lendemain matin, le juge d'instruction était avisé qu'en dépit de tous les soins, Herbelin et le policier avaient succombé dans la nuit, à quelques heures d'intervalle.

Il se rendit à son cabinet, et aussitôt arrivé, fit prier M. Richard, son collègue suppléant, de vouloir bien venir le trouver.

M. Richard, un homme encore jeune, assez gros, de petite taille, blond, l'air ouvert et gai, arriva tout de suite.

— Mon cher collègue, lui dit le magistrat après lui avoir serré la main, je crois devoir vous mettre au courant de mon instruction, dont je vous avais quelque peu écarté jusqu'à présent. N'attribuez, je vous prie, à aucun motif mesquin ma conduite vis-à vis de vous. Je savais que je risquais ma vie, j'ai voulu éviter de risquer la vôtre par surcroît.

Et comme M. Richard ouvrait la bouche :

— Attendez, mon cher collègue, poursuivit le juge d'instruction. Depuis deux jours, j'ai fait un grand pas. Et je puis vous dire à présent que je sais le nom du mystérieux empoisonneur de Givry. Mais ce nom, il importe de le taire encore. Tant que j'ignorerai le mobile de ses crimes, les preuves que je possède contre lui seront insuffisantes. Il convient donc d'agir avec la plus grande circonspection.

Le magistrat tira de son bureau un dossier assez volumineux qu'il posa à côté de lui.

— Tous les éléments de mon instruction, continua-t-il, et toutes les preuves dont je vous parlais sont réunis là-dedans. J'y ai joint le résumé de mes observations, et mes idées sur la façon dont l'affaire doit être désormais conduite. Je vous confie le tout. S'il m'arrive malheur, prenez-en connaissance et poursuivez mon œuvre. Je ne vous cache pas qu'ainsi que le pauvre Plumet et moi-même, vous risquerez votre vie. Mais désormais, chaque victime fera faire à la justice un pas vers la lumière.

— Mais, demanda M. Richard, pourquoi vous arriverait-il malheur ?

— Ah ! c'est vrai. J'oubliais que vous ne saviez pas encore tout. Eh bien ! voici : vous voyez cette enveloppe oblongue. Une lettre se trouve dedans. Cette lettre, Herbelin l'a lue, et il est mort ; Plumet l'a lue, et il est mort. Mais, avant de s'endormir, il a eu le temps de dire : « Que personne n'ouvre cette lettre : c'est la mort ! » Or, comme elle contient peut-être la preuve qui me manque, mon devoir est de la lire aussi. Ce que je vais faire tout de suite, et sous vos yeux. Seulement, il était bon que vous fussiez averti.

— Pardon ! dit tranquillement M. Richard en posant sa main sur le bras de son collègue. Mais pourquoi ne serait-ce pas à mon tour de m'exposer ?

— Mais...

— Eh bien ! écoutez-moi. Je vous jure que si vous succombez, je ne vous survivrai pas. Je ne vous reconnais pas plus de droit que moi à exposer votre vie.

M. Girard regarda son collègue dont la figure gaie était devenue étrangement sérieuse. Et il devina chez lui une détermination bien arrêtée.

— Ce que vous dites est ridicule, mon cher ! dit-il en haussant les épaules. Je puis avec autant de logique vous retourner votre raisonnement. J'ai autant le droit de m'exposer que vous ; je l'ai même plus, car je suis votre chef, et un chef doit montrer l'example.

— Vous venez de m'avouer que vous m'aviez tenu à l'écart pour m'éviter des risques. Au nom de cette logique dont vous venez de parler, vous devez donc admettre que mon tour est venu de m'exposer un peu.

— Mais c'est fou ! Je ne puis pourtant pas laisser là cette lettre pour vous faire plaisir !

— Eh bien ! dit sérieusement le suppléant, tirons au sort !

— Remarquez que le danger n'existe peut-être plus !

— Raison de plus. En ce cas, que vous importe de tirer au sort ?

Et M. Girard dut en passer par où le voulait l'obstiné suppléant. Celui-ci, sans perdre de temps, tira un louis de son porte-monnaie et le lança en l'air.

— Pile ! cria le juge d'instruction pendant que la pièce retombait.

— Constatez que c'est face ! dit en se baissant son collègue, dont la physionomie recouvra instantanément sa gaieté. C'est donc à moi qu'il appartient d'ouvrir la lettre. Résignez-vous à votre défaite, mon cher collègue.

— Soit. Mais prenons toutes les précautions désirables.

— Je ne m'y oppose point. Au fond, vous savez, je suis loin d'être las de la vie, et ne tiens pas le moins du monde à mourir tout de suite, même du sommeil qui tue. Toutefois, dès à présent, qu'il soit bien convenu d'une chose : c'est que, sous aucun prétexte, vous ne toucherez la lettre fatale, comme on dirait au théâtre. Donc, laissez-moi faire.

Les deux hommes s'assirent devant le bureau, et le suppléant saisit la lettre.

Mais M. Girard, plus ému que si c'eût été lui-même qui procédât à la redoutable opération, posa la main sur son bras.

— Attendez, dit-il. Mettez vos gants auparavant, mon ami. Vous en serez quitte pour les brûler après.

— Au fait, répondit tranquillement le suppléant, c'est toujours une précaution bonne à prendre.

Et, après s'être ganté, il prit de nouveau la lettre en disant :

— De votre côté, ne vous approchez pas trop, mon cher collègue. Regardez si vous voulez, mais de loin et surtout de côté. Il serait complètement inutile de nous exposer tous les deux.

Et lentement, il sortit la lettre de l'enveloppe, l'ouvrit et la déposa avec précaution sur une feuille de papier blanc qu'il avait auparavant placée devant lui. Instinctivement, le juge d'instruction avança la tête. Son collègue le repoussa de la main.

— Ecartez-vous, dit-il. Je vais vous lire. Diable ! pour la clé du mystère, cela me paraît bien laconique. Ecoutez plutôt.

Et il lut à voix haute les lignes qu'on connaît :

« Tout est arrangé. Vous n'avez plus qu'à attendre. Les vôtres sont désormais pour toujours à l'abri du besoin. Détruisez. »

— C'est tout ? demanda M. Girard, déçu.

— Absolument tout. Et remarquez que cette missive soi-disant mortelle a un aspect tout à fait innocent. Elle est même parfumée, si je ne m'abuse.....

Et machinalement, le suppléant mit le papier sous son nez, pour mieux en aspirer l'odeur.

— Arrêtez ! cria soudain le juge d'instruction, qui se leva, tout pâle. Ah ! malheur ! je comprends, mais trop tard ! Vous avez respiré !

XIV

— Qu'y a-t-il ? demanda le suppléant, étonné mais tranquille.

Sans lui répondre, M. Girard se précipita sur le bouton de la sonnerie électrique. A l'huissier qui apparut, il commanda d'une voix brève :

— Une carafe d'eau, un verre et une cuvette, tout de suite !

— Mais enfin, s'écria son collègue qui avait lâché la lettre, dites-moi ce qu'il y a !

— Mouchez-vous vite et fort. Mais dépêchez-vous donc ! C'est sur des secondes que votre vie se joue en ce moment !

Le ton était tel que, si bizarre que lui parût l'injonction, le suppléant obéit, sans y rien comprendre, du reste. Il se mit donc à se moucher avec frénésie.

L'huissier reparut, l'air ahuri, avec la carafe, le verre et la cuvette demandés, pour se voir congédié aussitôt.

— A présent, dit le juge d'instruction en emplissant le verre d'eau, un lavage nasal énergique. Aspirez par les narines, et n'oubliez pas de cracher le liquide qui vous viendrait dans la gorge.

En dépit des protestations du patient, qui continuait à n'y rien comprendre, trois grands verres d'eau furent aspirés de cette manière originale ; puis, de ce qui restait dans la carafe, M. Girard en fit faire quelques gargarismes copieux, dont il recommanda à son collègue de ne pas avaler la moindre gorgée.

— Ouf ! dit le suppléant qui n'avait rien perdu de son sang-froid. A présent, j'espère que vous allez consentir à m'expliquer ce mystère ?

— Très volontiers, mon ami. Mais vous allez comprendre de vous-même. Prenez cette loupe très puissante, approchez-la avec précaution de la lettre, et regardez. Mais, pour Dieu ! pas de mouvements brusques, et évitez de déplacer l'air autour de vous. Vous ne voyez rien ?

— Si. C'est bizarre ! Il y a de-ci de-là de petits cristaux extrêmement ténus, et qui brillent. On pourrait croire qu'ils font corps avec le papier ; mais, en regardant mieux, on se rend compte qu'ils sont posés dessus.

— Et ces cristaux sont nombreux ?

— Pas très. On pourrait les compter.

— Alors nous sommes fixés. Laissez cela, mon ami. Inutile de vous exposer plus longtemps. Avez-vous déjà reçu des lettres parfumées ?

— Ceci est de l'indiscrétion, répondit le suppléant en riant. Néanmoins, je consens à vous avouer que la chose m'est arrivée quelquefois.

— Alors, je suis certain qu'en les ouvrant, votre premier mouvement a été celui de tout à l'heure : pour mieux respirer l'odeur, vous approchiez le papier de votre visage.

— Mais c'est que c'est vrai !

— C'est, remarquez-le bien, un mouvement purement machinal et qu'on fait sans même s'en rendre compte. C'est là-dessus qu'a spéculé le criminel. Toutes les lettres qu'il envoie doivent être parfumées..... Au fait, dit le magistrat en s'interrompant pour prendre dans son dossier l'enveloppe vide dont nous avons déjà parlé, au fait, le parfum que vous avez senti est-il semblable à celui-là ? Une odeur bizarre, qui tient le milieu entre la violette et la verveine ?.....

— C'est bien cela.

— N'est-ce pas ? Or, ce parfum, on a la tentation purement machinale de le humer de près, et inconsciemment on y succombe. Cela est si vrai que, quoique sur vos gardes, remarquez-le bien, c'est ce que vous avez fait tout à l'heure, sans vous rendre compte du danger. Car, en respirant le parfum, on respire le poison, c'est-à-dire là mort.

— Alors, le poison serait cet étrange parfum lui-même ?

— Non ; le poison n'est autre que cette poudre de petits cristaux que la loupe vous a fait apercevoir, et qui, très ténue, doit se disperser dans l'air au moindre souffle. En lisant ces lettres à distance normale, le danger doit être nul ; mais il n'en est plus de même si, tout en rapprochant le papier de son visage, on aspire avec une certaine force. De là l'utilisation du parfum dont, maintenant, vous vous expliquez le rôle perfide.

— Vous pouvez le dire !

— Et si cette poudre de petits cristaux est si clairsemée sur la lettre que vous avez devant vous, c'est que cette lettre a déjà été lue et respirée deux fois ; une partie du poison a donc été dispersée. Mais ce qu'il en reste doit suffire pour faire une nouvelle victime.

— Ce poison doit être extrêmement violent, pour qu'une simple aspiration soit mortelle !

— N'oubliez pas qu'il agit directement sur les muqueuses. Et pour être fixés sur sa nature, nous allons confier cette lettre à un chimiste qui analysera la poudre mystérieuse, en admettant que cette faible quantité lui suffise..... Comprenez-vous maintenant la nécessité des lavages et des gargarismes de tout à l'heure ?

— Le fait est, répondit le suppléant en riant, que je m'explique à présent combien s'imposait ce genre d'ablutions, qui, à vrai dire, me semblaient baroques tout à l'heure !

— Vous avez tort de rire, mon ami ; qui sait si la précaution a été suffisante ?

— Elle le sera, n'en doutez pas.

— N'importe ! Je ne serai rassuré que demain matin.

Le juge d'instruction n'ajouta rien. Mais, au fond, il était en proie à une profonde inquiétude. Il songeait combien devait être redoutable cette impalpable et encore mystérieuse substance. Qui disait que, si court qu'il eût été, le simple contact de ces atomes de poussière cristallisée sur les muqueuses n'avait pas été mortel ?

XV

Le lendemain, dans l'après-midi, Jean Fleury, qui venait s'enquérir des nouvelles, trouva le juge d'instruction en compagnie de son suppléant.

— Excusez-moi, dit le jeune homme après les présentations; mais je ne vivais plus en pensant à cette lettre maudite.

M. Girard sourit.

— Rassurez-vous, répondit-il, désormais les lettres du criminel ne feront plus mourir personne.

Et il raconta à son ami ce qui s'était passé la veille.

— Vous voyez, termina-t-il en montrant son collègue, vous voyez que, cette fois, le sommeil qui tue n'a pas mérité son nom ! M. Richard, en effet, en a été quitte pour une forte indisposition.

— Enfoncé, le sommeil qui tue ! dit gaiement le suppléant. Au fond, sa réputation est surfaite..... Une simple migraine, voilà tout ce qui m'en reste ! Quant à ce que j'ai éprouvé, la nuit, je ne m'en souviens guère, tellement ma torpeur était grande. Il n'en est pas moins vrai, ajouta-t-il sérieusement, que je dois une fière chandelle à ces ablutions que, sur le moment, j'avais trouvées ridicules, hier !

— C'est singulier ! murmura Jean Fleury, qui semblait rêveur. Et vous dites que ces lettres sont parfumées ? Mais quel est ce parfum ?

Le suppléant allait répondre. Un coup d'œil de son collègue lui ferma la bouche.

— Ma foi, dit le juge d'instruction, vous allez nous fixer sur ce point. Richard et moi, ne sommes pas d'accord là-dessus.

Richard lui donne un nom, moi un autre. C'est une odeur assez bizarre.....

Et tirant de son dossier une enveloppe oblongue sur laquelle une adresse était imprimée à la machine à écrire :

— Tenez, mon ami. Respirez cela et donnez-moi votre avis.

— Ah ! mon Dieu !..... dit le jeune homme qui venait d'approcher l'enveloppe de son visage.

— Qu'y a-t-il ?

— Je..... je crois avoir déjà respiré cette odeur.

— Quand ? Où ?

— Je..... Je ne sais plus.

Il avait pâli. La main qui tenait l'enveloppe tremblait un peu. Il y eut un instant de morne silence.

— C'est étrange ! dit enfin le magistrat. D'autant plus, ajouta-t-il en frappant sur son dossier, d'autant plus que j'ai là quelques autres lettres, également parfumées, et dont l'odeur ressemble à celle-là. Enfin, n'importe ! ce n'est là, après tout, qu'un détail. Car, maintenant, tout m'est expliqué ; tout est simple ; tout est clair ; il n'y a plus de mystère : il n'y a plus que des faits ! Si je ne puis dire encore à quels mobiles a obéi le criminel, j'ai pu du moins lui arracher son masque de mystère !

La voix du magistrat se fit triste et grave :

— Mon ami, je connais l'assassin de votre père !

— C'est vrai ! dit Jean Fleury qui ne pouvait plus pâlir ; c'est vrai : c'est l'assassin de mon père !.....

— Maintenant, écoutez-moi. Remontons, si vous le voulez bien, le cours des événements, en commençant par les derniers. Dans sa prison, Herbelin reçoit une lettre ; il la lit vers 9 h. 1/2 ; vers 2 heures, il s'endort du sommeil qui tue. Entre la lecture de la lettre et les premiers symptômes, il s'écoule donc un intervalle de quatre à cinq heures. *Or, cet intervalle, vous allez le retrouver dans tous les autres cas.* En effet, à 2 heures, un peu plus tard, même, notre pauvre Plumet lit à son tour la lettre maudite. Il s'endort à 7 heures. Passons aux deux cas qui ont précédé. Le député Pierrard s'endort entre 1 heure et 2 heures de l'après-midi. Or, d'après le témoignage de son valet de chambre, il s'était levé à 8 et avait lu son courrier vers 9 heures. Dans ce courrier, le domestique se souvient parfaitement avoir vu une enveloppe oblongue pareille à celle-ci, dont l'adresse était imprimée à la machine à écrire ; cette lettre, on n'a pu la retrouver ; le député a dû la détruire après l'avoir lue. Quant à mon prédécesseur, frappé le même jour, il était arrivé à son cabinet un peu après 11 heures. Il dépouilla aussitôt son courrier. Or, à quel moment s'endort-il ? Dans les environs de 4 heures. Nous avons vu que dans ce courrier, il avait reçu, lui aussi, une lettre imprimée à la machine à écrire, dont heureusement il nous reste cette enveloppe. Ces quatre morts qui, il y a quelques jours encore, étaient un mystère pour nous, nous nous les expliquons donc à présent. Les fameuses lettres contenues dans les enveloppes oblongues et écrites à la machine à écrire étaient parfumées d'une odeur bizarre. En respirant machinalement de plus près ce parfum, le député Pierrard, le juge Bardinot, le pharmacien Herbelin et le policier Plumet ont aspiré cette poussière blanche et brillante, invisible à l'œil nu, que nous avons découverte hier, c'est-à-dire la mort. Et remarquez-le bien, ils ne pouvaient s'en douter, puisque vous-même, mon cher Richard, quoique prévenu et sur vos gardes, vous avez fait hier le mouvement mortel ! Donc, les quatre derniers cas nous sont expliqués, et si clairement que le moindre doute est impossible. Mais rien n'y indique le nom du coupable. Les lettres, vraisemblablement, n'étaient pas signées. Le fait qu'elles étaient toutes imprimées à la machine à écrire excluait toute idée de recherches par l'écriture. Le papier et les enveloppes de cette pâte et de ce format se vendent couramment en librairie. S'il avait toujours pris ces précautions, le criminel resterait plus que jamais insaisissable. Malheureusement pour lui, il a eu cette imprudence — ou cette audace — de signer ses quatre premiers crimes !

XVI

Ici le magistrat ouvrit son dossier et en tira trois petites liasses qu'il délia et plaça sur son bureau l'une à côté de l'autre. Jean Fleury reconnut l'une d'entre elles et devint blême.

— Quand je dis « signer », poursuivit le juge d'instruction, ne croyez pas que je veuille m'exprimer par une image. L'empoisonneur a bel et bien signé de son nom et de son écriture. Ce que vous voyez là, ce sont les lettres reçues par votre père, mon ami, le matin du 10 mai, et par MM. Bailly et Bouvelin, dans la journée du 13. Quant à Mᵉ Chaperaux, je n'ai pu retrouver chez lui aucune trace de la correspondance reçue par lui ce jour-là. Seulement, j'ai appris que dans la matinée du 13, il avait reçu, par la poste, une lettre portant la mention : « Personnelle », et dont il prit connaissance aussitôt. Nous sommes donc fondés à croire, ainsi que nous le verrons tout à l'heure, que cette lettre suspecte émanait du criminel. Mais revenons à ces trois liasses. Toutes ces lettres, sans exception, émanent de fournisseurs ou de clients. Avant-hier, et sans vous le dire, mon ami, j'ai fait venir ici votre principal employé. Il s'est souvenu que le 10 mai, vers 9 heures, votre père avait reçu d'un client de la ville une lettre qu'il lut aussitôt. Or, M. Fleury s'endormait entre 1 et 2 heures de l'après-midi. Le 13, dans la matinée, on apportait au magasin Bouvelin une lettre émanant également d'un client de la ville. M. Bouvelin, un peu souffrant, n'était pas encore levé. Ce fut donc Mme Bouvelin qui reçut la lettre, et qui la lut. Vers 3 heures, elle s'endormait. Le même jour, toujours dans la matinée et à quelques minutes d'intervalle, on apportait une lettre à M. Bailly. M. Bailly était absent. Son premier employé, Lucien Lacour, prit donc connaissance de cette lettre. Il s'endormit sur ses livres entre 3 heures et 3 h. 1/2. Quant à Mᵉ Chaperaux, je viens de vous dire que lui aussi avait reçu une lettre, mais par la poste, et à la distribution de 11 heures : ce qui explique qu'il ne fut trouvé endormi qu'entre 4 et 5 heures. Or, si nous examinons ces trois liasses de correspondance, que voyons-nous dans chacune d'elles ? Une lettre, une seule, qui ne porte pas le timbre de la poste, *et qui émane donc d'un client de la ville*. Dans l'une, ce client prie M. Bailly de lui envoyer sa facture. Dans l'autre, il demande à M. Bouvelin s'il lui serait possible de fournir des bouchons de liège dont il indique le type. Enfin, dans la troisième.....

— Dans la troisième ? interrogea Jean Fleury, haletant.

— Dans la troisième, poursuivit le juge d'instruction, c'est une demande analogue. Or, ces trois lettres sont signées du même nom. De plus, *toutes trois sont parfumées de cette étrange odeur que vous connaissez,* mon ami, sans pouvoir nous dire où vous l'avez déjà respirée.....

— Non ! cria le jeune homme avec égarement. Ce n'est pas lui ! Ce n'est pas lui !

Etonné, le suppléant le regarda. Et le juge, *qui savait,* eut, lui aussi, pour Jean Fleury un regard d'une infinie pitié. Mais il continua sans répondre :

— Il ne peut donc exister aucun doute. L'auteur de ces trois cartes-lettres, car ce sont des cartes-lettres.....

— Oh ! gémit le jeune homme.

— ..... Ce client qui parfume si étrangement sa correspondance n'est autre que le mystérieux empoisonneur. Et ses premiers crimes, ajouta le juge d'instruction en prenant une carte-lettre ouverte, et ses premiers crimes, je vous le disais tout à l'heure, il les a signés de son nom..... Ce nom, le voilà !

Mais Jean Fleury ne regardait plus. Il savait maintenant, il avait deviné depuis longtemps déjà. Et dans un pitoyable écroulement, il se prit la tête à deux mains en criant :

— Le père de Marguerite ! Le père de Marguerite !

DEUXIÈME PARTIE

I

Il s'est déjà passé plus d'un mois depuis ces derniers événements.

A Givry, la mort d'Herbelin a passé pour l'épilogue naturel du drame, d'autant plus que, depuis, le sommeil qui tue n'a fait aucune autre victime ; ce qui prouvait bien, pour tout le monde, que l'empoisonneur mystérieux n'était autre que le pharmacien, lequel, pour échapper au châtiment de ses crimes, s'était réfugié dans la mort.

La justice a laissé dire. On se raconte qu'après une entrevue que le juge d'instruction Girard a eue avec le procureur général, l'affaire a été officiellement classée. Le fait est que le Parquet de Givry ne donne plus signe de vie en ce qui concerne l'affaire dite du « sommeil qui tue ». Ces événements tragiques n'en demeurent pas moins un mystère pour le public, mais on s'est vite lassé de rechercher l'impossible. On est convaincu qu'en haut lieu on sait la vérité, et que l'administration la dissimule pour des raisons politiques. Mais on respire. Qu'importent après tout les procédés du criminel puisque ce criminel n'est plus à craindre ? Et puis, les élections complémentaires ont eu lieu, deux conseillers libéraux ont été élus, le maire et les deux adjoints, également libéraux, nommés. Tout s'est passé dans le plus grand calme, de sorte que du sommeil qui tue il ne reste plus guère qu'un souvenir lugubre que chaque jour efface un peu plus.....

Vers la fin d'une après-midi de juillet, deux jeunes gens se promenaient sur la route d'Epinal, à proximité de Givry. C'étaient Jean Fleury et sa sœur Suzanne. Tous deux étaient silencieux. Le visage du jeune homme portait l'empreinte d'une mélancolie profonde. Et parfois, les yeux bruns de la jeune fille se portaient sur son frère avec une expression de tristesse que celui-ci ne voyait pas.

Suzanne Fleury était plus — ou mieux — que jolie. Ce qui attirait surtout dans sa svelte et vive personne, c'était l'expression de bonté du fin visage ovale, à la bouche un peu grande, mais qui souriait si gentiment qu'on oubliait vite ce petit défaut. Elle était brune comme son frère, et en les voyant tous les deux, avec la même attitude un peu hautaine tempérée par une charmante simplicité, on ne pouvait s'empêcher de les admirer.

L'endroit où ils étaient arrivés était des plus pittoresques. La route, en corniche, paraissait surplomber la vallée du Mouzon, qu'elle dominait, pour ainsi dire à pic, d'une cinquantaine de mètres. Le soleil atteignait presque l'horizon, et le petit cours d'eau qui serpentait au-loin au milieu des prairies semblait un mince miroir embrasé. Presque sous les pieds des promeneurs, de l'autre côté du petit parapet de pierres sèches, c'étaient les pentes rapides d'une sorte d'immense amphithéâtre où, à des gradins dénudés formés de rochers hérissés, succédaient d'autres gradins verdoyants. Tout en bas, la rivière, qui décrivait une grande boucle, semblable à la clôture liquide de ce cirque grandiose ; puis, au fond, la vallée riante, inondée de clartés pourpres.....

Machinalement, les deux jeunes gens s'étaient arrêtés et regardaient. Mais Jean, lui, regardait sans voir.....

Depuis l'affreuse révélation, un deuil secret était en lui qui rendait le fardeau de la vie lourd à son âme..... Certes, auparavant, il avait déjà bien souffert de son amour pour cette douce Marguerite, au visage pâle de Madone. L'inexplicable volonté du père de celle qu'il aimait ne les séparait-il point ? Mais alors un espoir lui restait : cette volonté pouvait un jour fléchir. Tandis qu'à présent.....

Ah ! à présent..... Marguerite eût été morte qu'il n'aurait pas plus été séparé d'elle. Jamais, jamais Marguerite ne pourrait être sienne ! Plus puissant que les humaines volontés, plus cruel que la mort, un obstacle formidable s'était dressé entre eux: Marguerite était la fille de l'homme qui avait tué son père!

Ah ! cet instant, où, dans le cabinet du magistrat, Jean avait assisté à l'érection de l'édifice accusateur, toute cette impitoyable accumulation de faits, de coïncidences, de preuves d'où peu à peu la vérité rayonnait, aveuglante, implacable, mortelle ! Et ce parfum surtout, ce parfum autrefois si cher, aujourd'hui maudit, le parfum de Marguerite !

— Que c'est beau ! dit à côté de lui la voix de Suzanne.

Jean tressaillit, éveillé soudain de son rêve de souffrance. Puis il haussa les épaules. Est-ce que quelque chose pouvait encore être beau au monde, puisqu'il ne pouvait plus aimer Marguerite ?

— Viens, veux-tu ? dit-il à sa sœur. Il est 6 heures déjà.

Et à pas lents, ils revinrent vers la ville.

— Tu ne dis rien ? demanda la jeune fille, un peu triste.

Et, tout de suite, elle ajouta :

— Comme tu es changé, Jean, depuis quelque temps ! Tu ne parles presque jamais, et puis tu sembles triste, triste..... Non, non ; ce n'est pas rien que la mort de père. Il y a autre chose, je le sens. Je te connais bien, va, mon grand. Et puis, tu ne me parles plus de Marguerite.

— Tais-toi ! Oh ! tais-toi ! dit le jeune homme.

— Pourquoi ? Le deuil ne ferme pas les cœurs. Le culte du souvenir qu'on doit aux chers disparus n'est pas exclusif. Il est naturel qu'on oublie les vivants dans les premiers moments des éternelles séparations ; mais la vie est là, qui, peu à peu, teinte nos deuils de sereine mélancolie, et panse lentement du baume de la résignation la plaie de nos regrets cruels. Dieu l'a voulu ainsi.

Jean avait pâli. Il murmura :

— Si tu savais comme tu me fais mal !

Et plus bas :

— Ne me parle plus d'elle..... Jamais !

Suzanne le regarda. Et elle vit sur le visage de son frère une telle expression de souffrance qu'elle devina, sans le comprendre, le martyre de cette âme. Elle se tut, et tous deux se remirent à marcher en silence.

Avant de rentrer, Suzanne tint à passer au cimetière. Et tous deux entrèrent dans le champ de repos où le soleil mourant mettait sur les croix et les couronnes une pourpre mélancolique. Dans la gloire du couchant, une paix montait de la cité des morts. La brise même ne soufflait plus. Il faisait tiède. Immobiles et funèbres, les grands cyprès érigeaient dans l'allée principale leur sombre feuillage; et les bruits de la ville proche venaient mourir et s'éteindre au milieu des tombes.....

Les mains sur les yeux, agenouillé à côté de sa sœur devant le riche entourage de bronze rehaussé d'or, Jean Fleury clamait en lui-même sa prière douloureuse :

— Ayez pitié, mon Dieu ! Seigneur, donnez-moi la force ! Et vous, mon père, pardonnez ! Pardonnez-moi de ne pouvoir oublier celle que j'aime, et que je n'ai plus le droit d'aimer !

II

— Voyons, Marguerite, regarde-moi..... Je m'en doutais : tu as encore pleuré ! Ne dis pas non ! Tes yeux sont rouges. Pourquoi nier ? Tu ne m'aimes donc plus ?

— Oh ! tante Emilie.....

— Alors, pourquoi ne pas me confier ton chagrin ? Car tu as un chagrin, je l'avais déjà remarqué. Mais il n'y a pas longtemps qu'il te fait pleurer. Pourquoi ?

Sans répondre, Marguerite Brochain, incapable de se contenir plus longtemps, laissa tomber sa tête brune sur la poitrine de sa tante Emilie et éclata en sanglots.

Maternelle, la sœur du professeur entoura d'un bras la taille souple de sa nièce, dont les épaules frêles tremblaient convulsivement.

Déjà âgée, Mlle Emilie Brochain avait dû être belle. Ses traits réguliers étaient empreints d'une sereine et ferme bonté; ses bandeaux grisonnaient à peine. Elle était vêtue de noir.

— Allons, Marguerite, dit-elle enfin en se forçant à sourire, relève un peu ta jolie tête, et conte ce gros chagrin à ta vieille tante qui t'aime.

La jeune fille obéit, et montra un visage fin et joli que les larmes ni les yeux rouges ne parvenaient à enlaidir. Elle devait être plutôt petite, mais dans sa toilette matinale, elle apparaissait gracieuse. Elle n'était pas encore coiffée ; la masse de ses cheveux bruns, à peine retenus par un simple ruban, ondulait sur ses épaules. Sa figure était naturellement pâle ; elle avait la bouche petite, et sous le front pur un peu bombé, les yeux d'azur sombre avaient le regard candide et fier des âmes aimantes et pures.

Elle regarda sa tante et rougit.

— Faut-il que ce soit moi qui commence ? demanda la vieille fille. Comme si je ne le connaissais pas, le secret de ton gros chagrin ! Tu as vingt ans, tu pleures, et je n'aurais pas deviné pourquoi ?

— Vous ne pouvez pas savoir, tante Emilie.

— Vous croyez, Mademoiselle la cachottière ? Faut-il vous citer le nom de certain jeune homme brun avec qui nous avons dansé assez souvent et sans déplaisir, et qui doit être la cause que nous ne sortons plus depuis quelque temps ?

Et comme Marguerite, un peu confuse, baissait la tête.

— Pourquoi ne sortons-nous plus ? continua la vieille fille. On ne nous aime donc pas ? Si ? Mais alors ?

— C'est père.....

— Ton père ? Mais comment a-t-il su ?.....

— Je lui parlais souvent de *lui*, peut-être sans m'en rendre compte. Alors il a deviné sans doute, car.....

— Ah ! je comprends ! s'écria tante Emilie. Mais pourquoi ne m'avoir pas prévenue, moi ?

— Je voulais tout vous dire tout de suite, tante Emilie ; et puis j'ai tant tardé, tant tardé que je n'ai plus osé.....

— Mais que t'a dit ton père ?

— Que j'étais trop jeune encore, et qu'il ne voulait pas entendre parler de mariage. Et sur un ton ! Comme, ne comprenant pas, j'insistais, il s'écria : « Je crois que vous discutez l'expression de ma volonté ? » Ce fut ainsi qu'il me parla, lui jusqu'à présent si bon pour moi, et qui m'a toujours tutoyée. Je ne l'avais jamais vu ainsi.....

— Et depuis ?

— Il est pour moi tel qu'il était auparavant. On dirait que rien ne s'est passé entre nous.

— Et c'est depuis cette époque que tu as refusé toutes les invitations ?

— J'ai voulu éviter de *le* revoir. A quoi bon désormais ?

— Mais tout cela ne me dit pas pourquoi, et depuis quelques jours seulement, tes yeux sont toujours rouges, ma chérie ?

— Ah ! tante Emilie, c'est que mon chagrin d'avant n'était rien à côté de celui que j'ai eu depuis.

— Nous y voilà donc ? Eh bien ! conte-moi vite cela.....

— Il faut que je vous dise, tante Emilie, que depuis ma conversation avec père, j'ai revu..... M. Jean plusieurs fois.....

— Je sais..... je sais, puisque je t'accompagnais quand nous le rencontrions..... sans d'ailleurs lui causer.

— Oui. Malgré ce qui est arrivé, continua naïvement la jeune fille, je ne pouvais m'empêcher de songer à lui..... Et puis, je me disais souvent que père s'attendrirait peut-être, et que tout cela pouvait finir un jour comme un mauvais rêve. Alors, j'étais heureuse de *le* revoir, ne fût-ce qu'en passant, dans la rue, et sans pouvoir échanger un mot avec lui. Nous nous regardions, je voyais bien par l'expression de ses yeux qu'il ne m'oubliait pas, et quand je revenais, il me semblait que j'étais moins triste et moins malheureuse.....

— Ma pauvre chérie !.....

— Mais jeudi dernier, en revenant de chez Jeanne Blavier, dont la mère était souffrante, vous vous en souvenez, j'étais entrée un instant à l'église Saint-Christophe, pour y dire une courte prière. Je venais de sortir de l'église et je remontais la rue de la Comédie, quand je vis quelqu'un qui venait en sens inverse. Tout de suite, mon cœur sauta : j'avais reconnu Jean. Je me dis que la rue était déserte, que nous allions nous trouver seuls, et qu'il allait peut-être en profiter pour m'aborder et me causer ; et j'éprouvais à la fois de la joie et de l'inquiétude. J'étais en train de me demander si j'aurais la force de ne pas m'arrêter, de me contenter de le regarder et de le saluer, quand nous arrivâmes l'un près de l'autre..... Ah ! tante Emilie !

— Qu'y eut-il ?

— Il passa, tante Emilie ; il passa sans saluer, sans même me regarder. On aurait juré qu'il ne m'avait pas vue..... Pourtant, j'eus le temps de voir, moi, que ses yeux étaient fixes et regardaient devant lui, au loin, et que son visage tremblait. Et, quand il eut passé, j'entendis ses pieds qui butaient contre les pavés. J'eus la force de ne pas m'arrêter, de ne pas me retourner non plus. Mais mon cœur se tordait, et je sentis que j'allais pleurer..... Car j'avais compris tout de suite qu'il ne m'aimait plus, qu'il était las d'attendre sans espoir, et que peut-être..... il en aimait..... une autre.

Et voilés par les longues mains frêles, les candides yeux bleus s'embuèrent de nouveau de l'amère rosée des larmes ; et de nouveau la nuque brune tressaillit, secouée par l'orage douloureux des sanglots.

— Pleure ! ma chérie, dit doucement la vieille fille en étendant une main maternelle sur la tête de l'enfant. Pleure, car pleurer soulage. Mais espère !

Et elle se leva.

— Tante Emilie, ne me laissez pas seule ! Où allez-vous ?

Droite et grave, avec, sur la figure sereine, une expression de volonté que Marguerite ne lui avait jamais vue, la vieille fille répondit :

— Je vais voir ton père.

Elle allait sortir et ouvrait déjà la porte quand elle se retourna et dit encore :

— Espère !

III

Dans son cabinet de travail qui ressemblait à la fois à une bibliothèque et à un laboratoire, le professeur Achille Brochain, assis devant son bureau encombré de paperasses, semblait absorbé par l'examen d'un vieux manuscrit jauni.

Tout, dans cette vaste pièce, éclairée par deux fenêtres qui donnaient sur un jardin, semblait indiquer un absolu mépris de l'ordre. Seuls étaient rangés avec soin les volumes d'une bibliothèque dont les rayons superposés s'adossaient au mur, ainsi que divers instruments de chimie alignés sur une sorte de grand établi placé entre les deux fenêtres.

Mais sur le plancher traînaient des papiers et des débris de verre ; au milieu de la pièce, une grande table était jonchée de journaux, de brochures ou de volumes jetés pêle-mêle. De plus, sur le tout, une épaisse couche de poussière était répandue, laquelle s'envolait au moindre mouvement un peu brusque, et dansait en lumineux atomes dans les rares rayons de soleil qui, malgré l'opacité des vitres ternies, s'égaraient encore en ce capharnaüm.

Car le professeur Brochain avait une manie : il ne voulait voir personne dans son cabinet de travail. Ni sa sœur ni sa fille n'y étaient admises ; et c'était avec peine qu'il tolérait, deux ou trois fois par an, l'intervention d'une femme de ménage qui, à grand renfort de seaux d'eau, lavait en gros le.

plancher. Mais, sous aucun prétexte, il ne tolérait le plumeau, et d'ailleurs ne quittait pas d'une semelle la femme de ménage quand celle-ci procédait à son laborieux nettoyage.

Le professeur Brochain était de petite taille, sec et nerveux. Son visage, un peu osseux, barré de fortes moustaches fauves, n'aurait rien eu de remarquable, si, sous le front assez haut, mais un peu fuyant, ses yeux n'avaient attiré l'attention. Ils étaient bleus, de ce bleu indéfinissable dont la nuance varie, tour à tour d'un gris d'acier ou d'un azur presque sombre. En temps normal, leur regard n'avait rien de particulier, mais quand, sous l'empire d'une émotion quelconque, le professeur s'animait, ce regard devenait presque insoutenable de fixité et d'éclat. Habituellement, les yeux bleu pâle, distraits, semblaient regarder sans voir, ou plutôt, semblables à ceux des penseurs que hante l'idée fixe, ils regardaient « en dedans ».

Pour l'instant, le manuscrit sur lequel il était penché semblait accaparer toute l'attention du professeur. Ce qu'il regardait, c'était, étalé sur un vieux volume, un dessin dont la primitive gaucherie attestait l'ancienneté, et au-dessous duquel on lisait ces mots tracés d'une vieille écriture manuscrite : *Dessin du palais des ducs de Lorraine à Givry, 1636.*

Nerveusement, le professeur retourna la feuille jaunie, dont les bords semblaient rongés. Et le verso de cette feuille apparut couvert d'une écriture pâlie par le temps. Achille Brochain parcourut ces lignes. Puis, rejetant avec colère la feuille sur son bureau, il se mit à se promener avec agitation dans la pièce encombrée..... A ce moment, l'on frappa à la porte. Les sourcils du professeur se froncèrent. Pourtant, presque inconsciemment, de ses lèvres s'échappa le mot :

— Entrez !

La porte s'ouvrit, et Emilie Brochain, un peu pâle, mais calme, apparut sur le seuil.

— Comment ! c'est toi, Emilie ? dit le professeur avec un accent d'humeur non déguisée.

— C'est moi, mon frère.

— Tu sais pourtant que je n'aime pas être dérangé quand je travaille ici ?

— Je le sais. Mais il faut que je te parle.

— Ne pouvais-tu pas attendre ?

— Quoi ? Depuis quelque temps, tu mets un visible parti pris à éviter un tête-à-tête entre nous deux. Ici, du moins, nous pouvons causer hors de la présence de Marguerite.

— Ah ! il s'agit de Marguerite ?

— Ne t'en doutais-tu pas ?

Le professeur haussa les épaules. Puis, débarrassant un siège du fatras qui l'encombrait, il l'approcha de sa sœur en disant :

— Soit. Parle donc.

— Oui, il s'agit de Marguerite, dit la vieille fille en s'asseyant. Je suppose, Achille, que ton intention n'est pas de faire le malheur de cette enfant ?

— Tu sais combien je l'aime.

— On ne s'en douterait pas. Elle souffre, et par toi.

— Ah ! elle t'a dit.....

— A qui Marguerite se confierait-elle, si ce n'est à celle qui lui a servi de mère ? Mais la question n'est pas là. Je te le répète : Marguerite souffre, et par toi. Elle allait vers toi, confiante, et tout de suite, sans rien expliquer, tu lui cries : Jamais ! Pourquoi ?

— Elle oubliera.

— A mon tour, je te réponds : Jamais ! Marguerite n'est pas une nature vulgaire. Elle a donné son âme ; elle en mourra peut-être, mais elle ne la reprendra pas.

— Qu'y puis-je ?

— Tout. Je comprends combien notre situation est délicate vis-à-vis d'elle en une circonstance aussi grave. Mais tu aurais pu, sans la désespérer, lui faire comprendre la nécessité d'attendre. Et tu n'aurais même pas dû intervenir, mais me laisser ce soin.

— A quoi bon ?

— A quoi bon ? Mais pour ne pas la rendre malheureuse.

— Mieux valait tout de suite couper court à un rêve impossible.

— Pourquoi impossible ? Jean Fleury n'est-il point pour Marguerite un parti idéal ?

— Je n'ai rien contre ce jeune homme.

— Alors ?

— Alors, je veux que Marguerite attende.

— Je puis donc lui dire d'espérer ?

— Non. Qu'elle oublie, au contraire. Moi vivant, ce mariage ne se fera pas.

— Pourquoi ?

— Je ne puis te rien dire, mais tu dois me croire.

— Ah ! je dois te croire ? dit la vieille fille, visiblement irritée par cette inexplicable obstination. Mais es-tu sûr de rester toujours le seul maître du destin de Marguerite ?

— Tant que je le pourrai, j'userai de mon droit d'agir en maître !

Alors, la vieille fille se leva, un pli au front, la face soudainement figée, les yeux durs.

— C'est bien ! dit-elle froidement.

Le professeur lui saisit le bras, son terrible regard fixé sur elle.

— Que vas-tu faire ?

Elle ne baissa pas les yeux :

— Mon devoir !

— Mais encore ?

— Je vais, dit-elle en se dégageant d'un mouvement brusque, je vais affranchir l'enfant de ton inconcevable tyrannie. Je vais lui dire.....

— Sur ta vie, tais-toi ! cria-t-il en s'avançant sur elle.

— Je ne veux pas qu'elle souffre !

— Tu te tairas !

— Ses larmes me tombent sur le cœur !.....

Et tous deux se regardèrent, pareils à présent, dans l'énergie indomptable du sang qui les avait faits frère et sœur. Mais, moins fréquents, ces accès d'énergie violente étaient chez la vieille fille d'une intensité redoutable. Le premier, le professeur baissa les yeux.

— Reste, dit-il. Et assieds-toi.....

Quelques instants encore, sa sœur le fixa. Puis, lentement, elle revint s'asseoir.

IV

Le professeur resta debout devant elle, les bras croisés.

— Comprends-moi bien, dit-il. Je ne cède pas à tes menaces. Que voudrais-tu dire à l'enfant ?

— Tu le sais bien !

— Et puis après ? Tu peux parler : je m'adresserai alors au cœur de Marguerite. Même si elle savait, crois-tu qu'elle ne considérera pas comme un devoir, et comme un devoir sacré, de sacrifier son bonheur à mon autorité ? Tu peux donc tout lui dire. Je n'en aurai que plus de force. Je connais l'enfant : ce qu'elle aurait refusé de faire sous la contrainte, elle le fera par reconnaissance, et parce que ce sera son devoir.....

— Tu comptes donc pour rien mon influence sur elle ?

— Tout ce que tu pourras lui dire sera lettre morte quand j'aurai prononcé le mot : devoir !

— Devoir ! Mais le tien est de la rendre heureuse !

— Je ne veux pas qu'on me la prenne !

La vieille fille leva la tête :

— Ah ! c'est donc cela ?

— Mais tu ne vois donc pas que cette enfant est ma vie ! J'ai conduit ses premiers pas ; je l'ai vue grandir ; j'ai assisté peu à peu à l'éclosion de cette âme ; j'ai eu ses premiers sourires. Jusqu'ici, je n'ai pu lui résister. Parce qu'elle l'a voulu, elle pratique cette religion que je hais, elle croit en ce Dieu que je nie. D'une caresse et d'un mot, elle me retourne l'âme. C'est ma lumière, c'est mon but, c'est mon tout. Plus que toi, je la voudrais heureuse ; mais je la veux aussi riche et puissante. Qu'elle attende ! J'aurai cette fois le courage de lui résister, puisque c'est pour son bonheur. Elle est jeune ; j'ai le temps de la perdre ! Songe à ce que sera ma vie, à ce que sera notre vie à tous deux, quand nous ne l'aurons plus, et quand, dans le morne crépuscule de notre vieillesse, sa jeune beauté ne mettra plus son sourire !

La vieille fille le regardait fixement. Quand il se tut, elle hocha la tête.

— Il y a autre chose, dit-elle enfin. Sans doute, tu aimes cette enfant ; mais tu l'aimes comme tu m'aimes, c'est-à-dire pour toi et non pour elle. Toujours, dans ta vie, tes rares affections n'ont été que de l'égoïsme..... Tu la veux riche et puissante, dis-tu..... Et si elle préfère être simplement heureuse, elle ? Dans ce que tu viens de dire, il y a du vrai, je le sens ; mais je sens aussi que tu ne me dis pas tout, et, je te le répète, qu'il y a autre chose !

Il haussa les épaules :

— Quoi ?

— Eh ! le sais-je ? Je le sens, voilà tout. On ne trompe pas ceux qui aiment..... Pourquoi ne pas m'ouvrir ton cœur ? Jadis, quand nous étions enfants, n'étais-je pas ta confidente aimée ? Ne suis-je pas restée pour toi plus qu'une sœur, presque une mère ? L'âge est venu, et nous sommes presque des vieillards ; mais mon cœur n'a pas changé.....

— Il n'y a rien que je ne t'aie dit. Je te le répète, j'aime Marguerite autant que tu peux l'aimer, et non pour moi, mais pour elle. Et je veux qu'elle doive à mon affection autre chose que le bonheur.

La vieille fille se leva.

— C'est bien, dit-elle. Je ne veux plus discuter. Dans tout ce que tu m'as dit, il n'y a pas une seule de ces raisons sérieuses devant lesquelles je me serais inclinée. Alors, écoute : je te donne un mois pour réfléchir. Moi, je ne m'embarrasse pas de tant de phrases vides. Je veux que Marguerite soit heureuse. Je défendrai son bonheur.

— Malgré moi ?

— Même contre toi s'il le faut. C'est mon devoir !

Debout tous deux, ils se regardèrent, de nouveau dressés l'un contre l'autre.

— Dans un mois ! dit-il enfin. C'est bien. Je réfléchirai.

— Et moi j'attendrai !

Et sans ajouter un mot, la vieille fille sortit.

Resté seul, le professeur eut un geste de colère.

— Une Brochain ! murmura-t-il avec un orgueil amer ; elle ne cédera pas !

V

C'était une histoire assez curieuse que celle du professeur Achille Brochain.

Sa famille était originaire de la Meuse. Il était né à Villotte, un assez gros village situé sur la route de Bar-le-Duc, et où ses parents habitaient. Il n'avait eu qu'une sœur, Emilie, de quatre ans plus âgée que lui.

Les Brochain étaient à l'aise. Ils possédaient du bien, non seulement à Villotte, mais dans les cantons voisins. Quoique riche, Emile Brochain, le père, exploitait lui-même les terres qu'il possédait à Villotte même. Il avait affermé les autres quand il avait vu que son fils ne serait jamais un terrien comme lui.

Tout jeune, en effet, Achille Brochain avait révélé d'indiscutables dispositions. « Je veux être savant ! » disait-il quand on le questionnait sur son avenir. Un peu déçu, mais flatté au fond, son père ne crut pas devoir contrarier cette vocation qui se dessinait. L'instituteur de Villotte lui répétait sur tous les tons que son fils était vraiment doué, et que ce serait un crime que de laisser inutilisées de pareilles dispositions.

A douze ans, le jeune Brochain quittait donc l'école communale de Villotte, où il n'avait plus rien à apprendre, pour le lycée de Bar. Là, il ne démentit aucune des promesses du vieil instituteur. Et ses progrès rapides achevèrent de consoler le père Brochain : le bien des Brochain serait peut-être un jour exploité par des mains étrangères, mais son fils serait quelqu'un. Et ceci le consolait de cela.

Ce fut surtout vers les sciences naturelles, et principalement la chimie, que le jeune Brochain se sentit entraîné. Ses études furent brillantes. Pourtant, quand on lui demandait : « Que seras-tu ? » il ne répondait pas. Il eût assez aimé entrer dans l'enseignement. Mais le jeune Brochain aimait sa liberté. Il eût préféré une profession libérale, mais laquelle ? Il cherchait, et ne voyait rien qui lui plaise. Alors il dirigea ses études de telle sorte que, quand viendrait le moment, il fût maître de son choix.

Quand il quitta le lycée, il passa quelques mois à Nancy, puis s'en fut à Paris achever ses études. Dans ces deux grandes villes, sa vie fut laborieuse et sévère. On citait le jeune Brochain comme un modèle de travail et d'austérité. Jamais étudiant ne donna moins de souci et plus de satisfaction à ses parents.

Pourtant, il ne se décidait pas à choisir une carrière. Au fond, son père pensait que, grâce à lui, Achille pouvait prendre son temps. Peut-être ne voulait-il rien être que pour pouvoir être davantage plus tard. Et son but pouvait être de se consacrer aux études spéculatives pour devenir, ainsi qu'il le disait enfant, un savant, dont le souci d'une besogne journalière n'entraverait ni les méditations ni les recherches.

Achille Brochain venait de faire son année de service et se reposait à Villotte quand, coup sur coup, à un mois d'intervalle, sa mère puis son père moururent.

S'il en conçut un profond chagrin, Achille Brochain ne le fit pas voir. Il n'avait jamais été expansif. Toutes les émotions le laissaient froid et fermé. Il n'aimait pas se confier, pas plus à ses parents qu'à sa sœur. Il semblait vivre uniquement pour lui, ayant des projets dont il ne parlait jamais, et un but qu'il ne disait pas. Rien de sentimental dans sa nature. La science semblait l'avoir rendu indifférent aux humaines émotions, et jusqu'alors, sa jeunesse s'était écoulée sans élans comme sans sourires, dans une austérité extraordinaire et comme dédaigneuse.

Ses parents morts, tout de suite le côté pratique de sa nature apparut. Alors que sa sœur, écrasée par le chagrin, ne pensait qu'à pleurer encore les chers disparus, lui parla affaires. Il tint à connaître immédiatement le chiffre de l'héritage. Il alla voir le notaire, se fit expliquer l'état des affaires de son père, les étudia avec âpreté, et se rendit compte que, tant en biens qu'en argent liquide, ses parents leur laissaient environ deux cent mille francs.

Tous deux étaient majeurs et libres. Achille Brochain ne consulta sa sœur que pour la forme. Depuis longtemps, du reste, celle-ci ne voyait, comme on dit, que par son frère, qui avait sur elle une influence indiscutée. Et six mois après, le bien des Brochain était vendu.

Toutefois, Emilie Brochain tint à conserver pour elle la grande et confortable maison paternelle, avec l'immense jardin clôturé — le parc, plutôt — qui y attenait, ainsi qu'une douzaine d'hectares qu'elle fit valoir, aidée par un vieux serviteur de son père. Car, malgré des études assez poussées, malgré son long séjour dans une maison d'éducation du chef-lieu, malgré son intelligence et sa beauté, Emilie Brochain était restée, au fond, une terrienne. Il lui semblait qu'elle ne pourrait jamais se décider à vivre ailleurs que dans le village où elle était née, et où reposaient à jamais les parents qu'elle avait chéris et qu'elle ne cessait de regretter.

Quand tout fut terminé, Achille Brochain demanda cinquante mille francs à son notaire et lui laissa le reste de sa part. Puis, un jour, il dit laconiquement à sa sœur :

— Je pars.

— Où ? demanda Emilie, surprise.

— A Paris !

— Mais quoi faire ?

— Travailler.

— Alors, tu vas me laisser seule ? Emmène-moi, veux-tu ?

— Non ! dit-il d'une voix brève et sèche.

Et plus doucement, comme il lui voyait les larmes aux yeux.

— Tu es trop terrienne, vois-tu. Tu ne pourrais jamais te faire à la vie de Paris.

— Laisse-moi au moins aller t'installer.

— A quoi bon ? Je ne suis pas un sybarite, tu le sais. Je m'installerai bien tout seul. Du reste, je ne sais pas encore si je me fixerai définitivement là-bas.....

Il partit. Et dans la grande maison vide, Emilie resta seule.

VI

Jusqu'alors, partagée entre l'affection qu'elle portait à ses parents et l'admiration qu'elle avait pour son frère, Emilie Brochain n'avait jamais songé à se marier. Elle avait déjà été demandée plusieurs fois, et, sans trop réfléchir, elle avait toujours refusé. Son cœur était pris par son amour pour les siens, et elle n'avait jamais rêvé d'autre vie.

Ses parents morts, elle s'était dit qu'elle devait rester avec son frère ; et elle se faisait très bien à l'idée qu'il en serait ainsi assez longtemps. Dans ces conditions, le célibat ne lui apparaissait point comme un sacrifice : elle considérait simplement que tant qu'Achille ne serait pas marié, elle devait remplacer près de lui les parents disparus.

Aussi le départ brutal de ce frère qu'elle aimait tant, et qui semblait le lui rendre si peu, laissa-t-il dans sa vie un vide immense. Elle avait vingt-sept ans, et dans son cœur qu'aucune pensée d'amour n'avait encore effleuré, commencèrent à sourdre d'obscurs regrets. Elle songeait parfois en rougissant à de petits pieds martelant les planchers sonores, à des cris joyeux comme des cris d'oiseaux, à tout un gai tapage de vie innocente troublant le silence mélancolique de la grande maison des Brochain. Puis elle secouait la tête : son frère n'était pas marié, et il pouvait encore avoir besoin d'elle.

Des années s'écoulèrent ainsi. Rares étaient les nouvelles de l'absent. Deux ou trois lettres par an, dans lesquelles il ne disait absolument rien de lui ni de sa vie, se contentant de s'informer de la santé de sa sœur. Pas une seule fois il ne manifesta le désir de revenir à Villotte ; il n'invita pas davantage sa sœur à venir le voir.

Puis un jour arriva, dans une lettre laconique, une nouvelle qui bouleversa le cœur d'Emilie. Son frère la priait de lui envoyer son extrait de naissance : il allait se marier. Il ne disait rien de sa fiancée, ni son nom, ni son âge, ni la situation de ses parents. Il n'invitait même pas sa sœur à son mariage.

Celle-ci crut à un simple oubli. En même temps que l'extrait de naissance de son frère, elle lui envoya son extrait de baptême. Le surlendemain, Achille lui écrivait : « Il était inutile de m'envoyer l'extrait de baptême : je me marie civilement. »

N'en voulant pas croire ses yeux, Emilie Brochain relut deux ou trois fois ces lignes. Puis, convaincue, elle pleura.

Les Brochain avaient toujours pratiqué. La foi du père Brochain était peut-être un peu routinière ; mais il considérait comme un devoir rigoureux de montrer l'exemple sous le rapport religieux. Et ses deux enfants avaient reçu une éducation nettement catholique.

— On peut dire tout ce qu'on voudra contre la religion, répétait souvent le père Brochain ; elle n'en est pas moins la base de la morale, et la seule. Or, il faut de la morale ; donc, il faut de la religion.

Moins raisonneuse, la foi de Mme Brochain n'en était pas moins sincère. La fille tenait d'elle sous ce rapport. Elle pratiquait avec une simplicité touchante, aussi naturellement qu'elle vivait. Elle ne comprenait point la vie sans religion. La pensée de Dieu, auquel l'homme doit tout, était ancrée au fond de son âme. De plus, elle pensait que se sacrifier pour les autres était un devoir : Jésus ne s'était-il pas sacrifié pour l'humanité?

On devine quel coup fut pour son cœur croyant la lecture de cette phrase : « Je me marie civilement. » Certes, depuis quelques années, Achille Brochain avait changé. Depuis sa sortie du lycée, il ne pratiquait plus. Et en dépit des tendres reproches de sa mère, des timides interventions de son père, son indifférence religieuse était devenue complète. Mais jamais cette indifférence n'avait semblé aller jusqu'à l'hostilité. Jamais Emilie Brochain n'avait pensé que son frère pût un jour en venir là.

Et tout de suite elle lui écrivit, confiant au papier ses angoisses et son chagrin :

Mon cher Achille, je veux espérer que ta résolution n'est pas définitive. Si tu te maries civilement, songe à ce qu'éprouveront de là-haut nos chers disparus, pour qui la religion était une imprescriptible loi de la vie ; songe au chagrin que tu me fais. Toi qui fus jusqu'à présent ma tendresse et mon orgueil, donne-moi cette preuve d'affection. Et songe à ce que je souffrirai si tu te maries sans prêtre.

Un mois se passa sans qu'Achille Brochain se donnât la peine de répondre. Puis, au moment où Emilie pensait sérieusement à se rendre elle-même à Paris, son frère lui écrivit enfin :

Tout ce que tu m'as écrit n'a pas le sens commun. Il y a longtemps que je suis fixé au sujet de l'utilité des religions. Si je t'ai dissimulé jusqu'à présent ma manière de voir à ce sujet, ce fut uniquement pour ne pas te froisser. Gardons chacun nos idées. Crois-tu donc que je ne regrette pas de te voir imbue de ces superstitions ténébreuses que condamne la raison ? Mais tu es libre.....

D'ailleurs, tout ce que tu pourrais dire au sujet de mon mariage serait inutile : je suis marié depuis huit jours.

Il se pourrait que, d'ici quelque temps, nous allions te voir à Villotte, Pauline et moi ; ne te dérange donc pas d'ici là.

Quand elle eut lu cette lettre, Emilie Brochain poussa un gémissement : elle était frappée au cœur.....

Ainsi son frère ne se contentait pas de la blesser dans sa foi de chrétienne ; il l'atteignait dans sa tendresse de sœur et dans sa dignité d'aînée. Il s'était marié comme par surprise, n'ayant même pas eu la courtoisie d'inviter sa sœur au mariage ; et il la mettait brutalement, selon sa coutume, en présence du fait accompli.....

Alors, pour la première fois, Emilie vit son frère tel qu'il était : cœur sec, égoïste féroce, pour qui rien n'existait que lui-même. La science, qui mène tant de hautes intelligences à Dieu et au bien, n'avait réussi qu'à achever de dessécher cette âme consumée d'orgueil. Plus rien de bon n'existait en lui ; Achille Brochain n'était plus qu'un sectaire inconscient, dépourvu même de ce vague altruisme, tout en paroles d'ailleurs, dont se pare cet idéal matérialiste qui n'a pour culte que la chancelante raison humaine.....

Et la noble fille eut une révolte. Elle se vit à plus de trente ans, seule dans la vie, déjà vieille fille et condamnée à le demeurer. Pour ce frère qui faisait plus que l'oublier, qui la dédaignait, elle s'était condamnée à vivre solitaire, privée des joies graves de la maternité, du foyer édifié en commun avec un époux aimé, ainsi qu'on construit un nid..... Qui voudrait d'elle à présent ?

VII

Et un jour un homme apparut, qui prit une place dans ses pensées.

De quelques années plus âgé qu'elle, il était venu se réfugier à Villotte pour essayer d'oublier un deuil cruel : la perte d'une épouse aimée, qui ne lui laissait qu'un fils, alors âgé de cinq ans, le petit Robert. Pour cet enfant, l'époux avait voulu vivre : mais il avait été cacher sa douleur loin du tumulte des villes, autant pour trouver le calme que pour la santé de son fils.

A la campagne, le protocole mondain n'est plus qu'un mythe. Le petit Robert jouait libre et, comme ses petits camarades, fréquentait qui lui plaisait.

Un hasard le fit connaître d'Emilie Brochain ; et celle-ci, de voir cet enfant aux boucles blondes si différent des autres, mince, frêle, un peu délicat encore, s'était mise à l'aimer. Le grand jardin entouré de murs, avec son verger où l'herbe verte poussait dru sous les arbres, devint vite, par droit de conquête, le domaine du petit Robert, qui, à la belle saison, ne le quittait guère.

Plusieurs fois, en s'excusant, son père était venu l'y rechercher. Et ce fut ainsi que, tous deux éprouvés par la vie, ces êtres se connurent. Un jour, en lui montrant son fils, le père de Robert demanda à Emilie :

— Il vous aime autant que moi. Voulez-vous devenir sa mère?

Elle rougit. Elle s'attendait à cette demande. C'était le bonheur qui s'offrait, sa vie reconstruite, avec un foyer à elle, et un enfant déjà qui l'aimait et qu'elle aimait. Pourtant, elle répondit :

— Laissez-moi réfléchir encore. Je serai franche. Jusqu'à présent, je n'ai vécu que pour un frère qui m'a un peu..... oubliée. Mais il peut encore avoir besoin de moi. Je vais lui écrire. Attendez.

Quelques jours encore, elle hésita ; puis elle se décida.

Mon cher Achille, écrivit-elle à son frère, un honnête homme m'a demandé de devenir sa femme et la mère de son enfant. J'éprouve pour lui une affection grave et profonde, et j'aime son fils. C'est donc le bonheur qui s'offre à moi. Mais, avant de m'engager, je tiens à avoir ton avis.

Tu peux encore avoir besoin de moi. Je souhaite qu'il n'en soit pas ainsi, parce qu'alors le malheur t'aurait atteint. Or, malgré ton indifférence envers moi, mon sincère désir, tu le sais, c'est de te voir heureux. Fais-moi donc connaître franchement ta pensée au sujet de ce mariage. Quoi qu'il m'en coûterait, je n'hésiterais pas à y renoncer s'il le fallait pour pouvoir t'être utile encore.

A ces admirables lignes, qui faisaient mieux juger une âme que n'importe quelle protestation de tendresse et de dévouement, Achille Brochain ne répondit pas.

Et songeant avec amertume combien ce silence contenait de dédain encore, Emilie allait se décider à donner une mère au petit Robert quand lui arriva de Paris une lettre bordée de noir. Avec le laconisme qui lui était habituel, son frère lui écrivait :

Pauline est morte, enlevée en quinze jours. Je ne veux plus, je ne peux plus rester à Paris. D'ici un mois, attends-moi à Villotte.

L'égoïsme de son frère, sa conduite envers elle, son matérialisme sectaire, Emilie oublia tout pour ne plus se souvenir que d'une chose : il se retrouvait seul dans la vie, il allait avoir besoin d'elle.

Elle alla trouver loyalement le père de Robert, et, triste de lui causer un chagrin, elle lui dit :

— Oublions tous deux un rêve. Mon frère est veuf. C'est à lui que je me dois. Ne pensez plus à moi.

Il ne discuta point. Il prononça simplement :

— C'est la deuxième fois que Robert perd une mère.

Et Emilie répondit :

— Dieu lui en fera retrouver une autre.

Ce fut tout. Le cœur gros, sentant l'émotion la gagner, elle se retira.

Trois semaines plus tard, le courrier de Bar s'arrêtait devant la vieille maison des Brochain. Achille en descendit.

Sa sœur ne remarqua pas tout de suite combien il était changé et vieilli, avec sa courte barbe fauve qui dissimulait mal son visage amaigri ; elle ne vit pas la flamme dure des yeux bleus enfoncés dans l'orbite. Elle était stupéfaite et ravie : son frère portait dans ses bras un enfant dont jamais il n'avait parlé dans ses lettres.

Et Emilie n'avait de regard que pour ce bébé de deux ans, à

la figure jolie mais pâle, aux paupières closes par le sommeil, et dont la tête brune ballottait doucement sur l'épaule de son frère. Les mains jointes, comme dans une prière, Emilie Brochain regardait cet ange. Avant même de le connaître, elle devina que ce pauvre enfant sans mère était devenu sien pour la vie. Elle ne regretta plus rien. Son dernier sacrifice même, qui lui avait tant coûté, lui parut léger à cette heure. Elle comprit que la Providence lui avait ménagé une revanche de bonheur. Son cœur se fondit. Tout de suite, elle se précipita sur l'enfant, elle s'en saisit passionnément. Et longuement, avec un sourire d'extase, elle contempla la petite Marguerite qui, dans son sommeil, riait aux anges.....

VIII

Dès lors, tout changea pour Emilie Brochain.

Sa vie, à présent, avait un but. Marguerite devint son idole. Son ivresse des premiers jours fit place à un bonheur grave et profond ; elle était payée au centuple de ses sacrifices. Et, avec ferveur, elle en remerciait Dieu....

Quant à Achille Brochain, c'était meurtri et désabusé qu'il était venu se refaire au vieux nid familial. Son regard durci, son front plissé, sa figure fatiguée, le sourire amer de sa bouche aux minces lèvres, tout en lui disait un vaincu de la vie qui ne voulait pas se rendre.

Ce fut en vain, d'ailleurs, que sa sœur le questionna, s'étonnant qu'il ne lui eût même pas fait part de la naissance de son enfant ; des années qu'il avait passées à Paris, de ses occupations, de l'épouse qu'il avait si tôt perdue, il ne voulut rien dire. Il se borna à répondre :

— J'ai vécu, j'ai travaillé et j'ai souffert : c'est le sort de bien d'autres.

— Il reste Dieu ! dit sa sœur doucement.

Il serra les poings. Ses yeux caves eurent une flamme dure. Et il cria :

— Tais-toi ! Il n'y a pas de Dieu..... Il n'y a rien !

Elle le regarda, ne voulant pas croire encore à une telle violence dans l'égarement et le blasphème. Mais, à la flamme de ses yeux, à la contraction de ses traits, elle eut conscience de la chute définitive de cette intelligence aigrie dans la lamentable utopie de l'irréligion raisonnée, qui, ne voulant plus croire à rien, nie même l'évidence. Comptant sur Dieu, sur ses prières et sur le temps, elle n'insista pas. Elle se contenta de demander :

— Que comptes-tu faire ?

— Me reposer quelque temps, répondit-il, calmé déjà. Puis repasser mes études et devenir professeur.

— Tu le peux encore ?

— Certes. Deux examens à passer. Du reste, j'ai des protections.

— Une autre question. Ne te froisse pas : c'est dans ton intérêt et dans celui de Marguerite. Tu as retiré ce qui te restait encore chez notre notaire. Que te reste-t-il de ta fortune ?

Il eut un geste de contrariété.

— Que t'importe ? Marguerite ne manquera jamais de rien. Elle a 100 000 francs de dot. Ne m'en demande pas davantage.

Emilie fut rassurée : l'enfant ne connaîtrait jamais le besoin. D'ailleurs, tout ce qu'elle avait n'était-il pas à cet ange ? Mais il lui restait encore une question à poser :

— Marguerite a-t-elle été baptisée ?

Sans hésiter, il répondit très nettement :

— Oui.

Elle le regarda en face :

— Tu me dis la vérité ?

— Je te l'affirme, et tu peux me croire.

— Mariés civilement, et faire baptiser votre enfant ? Ce fut donc ta femme ?

— Que t'importe ?

Elle se tut, convaincue, et au fond soulagée. Après tout, cet illogisme en matière religieuse n'était pas rare. Du reste, n'avait-elle pas le moyen de se renseigner ?

En secret, elle écrivit donc au curé de Saint-Merry, une des paroisses du IVe arrondissement, qu'avait habité son frère depuis son mariage.

Au reçu de la réponse, et sans dire où elle allait, elle s'absenta deux jours. Quand elle revint, elle appela son frère dans sa chambre, où elle eut avec lui une conversation dont personne ne sut jamais rien, mais qui dut être vive, car la fidèle Louise — la servante qui n'avait jamais voulu quitter Emilie Brochain — entendit des éclats de voix à travers la porte.

De ce que se dirent alors le frère et la sœur, rien ne transpira, et leur existence reprit son cours, sans que rien en apparence fût changé entre eux.

Achille Brochain manifestait à l'enfant une tendresse extraordinaire chez lui. Ses yeux durs, sa face violente, sa bouche amère, tout cela se transformait en une expression très douce lorsque Marguerite agrippait de ses petits poings roses ses genoux qu'elle cherchait à escalader. Ses rares sourires n'étaient que pour elle.

Il avait cru remarquer que sa barbe, qui durcissait encore son visage déjà dur par lui-même, effrayait un peu l'enfant. Il la fit couper et ne conserva que ses fortes moustaches fauves que Marguerite s'amusa dès lors à tirer en disant :

— T'es plus *zoli*, papa. Et *ze* t'aime mieux.

Alors les durs yeux d'acier d'Achille Brochain s'embuaient d'une lueur attendrie. Cet homme qui niait tout était bouleversé par la caresse de menottes roses et le zézayement d'une voix d'enfant.

Le temps passa. Quelques mois après son retour de Paris, Achille Brochain était nommé professeur de sciences au collège de Lunéville. Avec sa sœur et sa fille, il habita quelques années cette ville lorraine où tant de choses encore rappellent le passé.

Il avait trouvé un appartement acceptable dans cette partie calme et paisible de la rue d'Alsace qui avoisine la sous-préfecture. Et quand le temps était beau, tandis qu'il faisait ses cours, tante Emilie et Marguerite allaient au Bosquet, qui était devenu leur but favori de promenade.

Puis le professeur fut nommé au collège de Givry. C'était encore la Lorraine, mais une autre Lorraine qui, plus loin des montagnes, commençait un peu à ressembler au Barrois. Givry, était beaucoup moins grand que Lunéville. Mais, très renommé, le collège y avait de l'importance. Et puis la ville était petite, mais coquette et jolie, ses environs très pittoresques, et sa population paisible et sympathique. Tout cela fit que ni Emilie ni Marguerite ne regrettèrent trop Lunéville et son Bosquet.

Grâce à sa tante, Marguerite Brochain avait reçu l'éducation religieuse nécessaire. Elle avait fait sa première Communion à Givry, où elle avait fréquenté, jusqu'à seize ans, l'excellent pensionnat de la place Jeanne-d'Arc, dirigé par des religieuses de la Doctrine chrétienne.

Malgré son mécontentement, qu'il dissimulait mal, le professeur n'avait pas osé s'interposer. La naïve piété de Marguerite lui en imposait. Mais il s'en prenait de temps à autre à sa sœur, qu'il accablait d'amers sarcasmes ; Emilie, alors, haussait doucement les épaules sans répondre. Au fond, elle se réjouissait d'en être quitte pour quelques accès d'humeur : elle s'était attendue jadis à bien d'autres difficultés.

Ainsi s'était écoulée la jeunesse de Marguerite Brochain, adorée, comme jamais enfant ne le fut, par le professeur et sa sœur. Jusqu'au jour où nous l'avons connue, sa vie n'avait pas eu d'histoire. Son père vivait, du reste, très retiré et avait peu de relations. Sa correspondance était rare.

Toutefois, aussi loin que pouvaient remonter ses souvenirs, Marguerite se rappelait certaine lettre couverte de timbres multicolores qui arrivait régulièrement tous les ans au commencement du mois de janvier. Cette lettre, le professeur semblait hésiter à l'ouvrir. Puis, après l'avoir lue avidement, il la tendait à sa sœur, qui, elle aussi, la lisait avec une émotion visible ; et tous deux paraissaient soulagés d'une angoisse. Mais, cette année, le mois de janvier s'était écoulé sans qu'arrivât la lettre aux timbres multicolores!....

IX

Après la douloureuse révélation qu'il avait cru devoir faire, l'estimant nécessaire, à son ami Jean Fleury, le juge d'instruction Girard s'était occupé de compléter les preuves qu'il avait déjà réunies.

En effet, l'examen à la loupe des trois cartes-lettres que nous connaissons n'y avait révélé aucune trace de poussière suspecte. Ceci était très important. Si l'on ne retrouvait sur ces cartes aucune trace de poison, la seule charge dont on pût faire état contre le professeur consistait en la similitude de leur parfum avec celui des lettres imprimées à la machine à écrire, ce qui était insuffisant.

Le magistrat s'obstina donc. Et ce que la loupe était impuissante à lui montrer, le microscope le lui révéla. Il put juger alors combien était redoutable l'homme capable de concevoir le crime avec cette perfection de détails.

Le papier des lettres dont nous avons vu des échantillons était un papier anglais un peu rugueux, et susceptible, par conséquent, de retenir assez longtemps l'impalpable et mortelle poussière.

Les cartes-lettres, au contraire, étaient en papier glacé. Qu'on imagine qu'une pincée de la poudre mystérieuse y eût été introduite avant leur fermeture. Dès que le destinataire la recevait, il en déchirait les bords et l'ouvrait. La poussière glissait alors sur la surface lisse et tombait. L'effet voulu ne se produisait point.

C'est ici qu'apparaissait la prévoyance véritablement infernale de l'ex-empoisonneur. Sur ces cartes, il écrivait ce qu'il avait à écrire, puis répandait son poison sur cette écriture en guise de poudre à sécher. Il fermait ensuite la carte.

Il se passait un certain temps entre le moment où elle avait été écrite et celui où elle était lue, de sorte que quand la carte arrivait à son destinataire, l'écriture était sèche. Mais elle ne l'était pas assez pour que la totalité de la poudre humide se détachât d'elle-même ; une partie adhérait encore au papier, tandis que l'autre était prête à se disperser au moindre souffle. Pour peu que le destinataire approchât de son visage la missive mortelle, il en respirait assez pour succomber.

Et quelques heures plus tard, c'est en vain qu'on aurait pu chercher la moindre trace du poison sur cette carte : l'écriture avait séché tout à fait, l'humidité qui alourdissait les atomes de poudre s'était évaporée, et cette poudre elle-même s'était dispersée en une impalpable et invisible poussière.

Ce fut le microscope qui permit au magistrat de se rendre compte de ce procédé, en lui révélant, *sur l'écriture elle-même*, de petits points blancs qui brillaient. D'ailleurs, quelques jours après l'examen microscopique, M. Girard ne pouvait plus faire état de sa découverte, car, malgré toutes ses précautions, ces petits points blancs avaient disparu de l'écriture, et aucune des trois cartes ne révélait plus, même au microscope, aucune trace de la poudre mortelle.

Une autre particularité, jusqu'alors obscure, avait été élucidée.

Le juge d'instruction avait été frappé de l'effroyable inconscience avec laquelle l'empoisonneur avait fait de Mme Herbelin la messagère confiante qui, croyant apporter le salut à son mari, lui avait apporté la mort.

Il avait donc dû interroger cette malheureuse femme, écrasée par un coup d'autant plus terrible qu'il était inattendu. Et il avait appris que c'était par la poste que le criminel, sous le couvert de l'anonymat, avait correspondu avec elle. De lui, elle avait reçu cette lettre *imprimée à la machine à écrire :*

> Madame, un ami de votre mari désire le sauver. Inclus, vous trouverez une lettre cachetée qu'il faudra lui remettre telle quelle quand vous irez le voir. Si, lors de l'entrevue qui suivra, votre mari vous dit ces mots : « Il peut agir », laissez fermées toute la journée du lendemain les persiennes du milieu de votre appartement du premier étage. Vous recevrez alors peu de temps après une autre lettre fermée qu'il faudra lui remettre, et qui contiendra les instructions nécessaires à son salut. *Si vous voulez que votre mari soit sauvé, n'ouvrez sous aucun prétexte les lettres que je vous enverrai pour lui.*

Et Mme Herbelin avait obéi. Quelle femme aimant son mari n'aurait pas agi comme elle ? Elle ignorait, d'ailleurs, jusqu'à l'existence du mystérieux personnage grâce à l'intervention duquel M. Herbelin avait pu devenir quelqu'un.

Après son interrogatoire, Mme Herbelin avait disparu, et il avait été impossible de retrouver ses traces. Tout ce qu'on savait, c'est que, accompagnée de sa fille, elle avait pris un billet pour Chaumont; mais sa véritable destination devait être Paris.

D'autre part, une enquête faite sur les antécédents du pharmacien n'avait révélé rien de bien particulier.

Originaire de Blainville, Herbelin n'avait quitté ce pays que pour aller au régiment. Il y était revenu son service fini et avait repris sa place d'employé chez le pharmacien de l'endroit, où il était resté jusqu'à trente-deux ans. Ce fut à ce moment que, contre toute attente, il se maria avec la fille d'un gros propriétaire de l'endroit, pour aller presque aussitôt s'installer à Givry. Nul, parmi ses parents ou ses amis d'alors, ne se souvint de l'avoir vu, à Blainville même, en compagnie d'un homme répondant au signalement du professeur Brochain. Ce dont on se souvenait, c'est que, peu de temps avant son mariage, il se rendait souvent à Nancy, où le professeur, sans doute, lui donnait rendez-vous. A signaler que Blainville se trouve tout près de Lunéville, où demeurait alors Achille Brochain.

X

L'ensemble de toutes ces charges accumulées parut suffisant au juge d'instruction pour motiver l'arrestation du professeur. Toutefois, auparavant, il crut plus prudent d'en référer au procureur général, qu'il alla voir en personne.

Le voyage devait être pour lui la cause d'une déception sur laquelle il ne comptait pas.

Son chef, en effet, avait commencé par l'écouter avec beaucoup d'intérêt et lui avait même adressé, dans le cours du récit, des félicitations bien senties, quand, au nom du professeur Brochain, sa physionomie s'était subitement rembrunie.

— Diable ! fit-il. Le professeur Brochain, dites-vous ?

Et de l'air d'un homme fort ennuyé, il avait repris :

— Sans doute, toutes les preuves sont contre lui. Le professeur Brochain est coupable, j'en suis convaincu comme vous. Mais, tant que vous ignorez le but auquel il tendait, vous êtes à peu près impuissant contre lui. On ne tue pas huit personnes sans motifs. Quels sont ces motifs ? Les connaissez-vous ? Vous en doutez-vous seulement ? La politique ? Peut-être. Mais vous ne pouvez pas l'assurer. Et puis, vous sentez comme moi qu'il y a autre chose. Pour l'arrêter, il faut que vous soyez en mesure de lui dire, sans qu'il puisse nier : « Voilà pourquoi vous avez tué. » Comme preuves, les lettres sont insuffisantes. Il n'existe plus, sur les cartes-lettres, aucune trace de cette mystérieuse poussière dont l'analyse n'a pu révéler la composition. Le seul indice accusateur consiste donc dans l'analogie des parfums. Est-ce suffisant ? Si le professeur nie, et si vous ne connaissez pas son but, que ferez-vous ?

— Une perquisition nous donnerait probablement la preuve qui nous manque.

— Gardez-vous-en bien ! Cet homme est trop fin pour ne pas avoir pris toutes ses précautions.

— Alors, qu'ordonnez-vous, Monsieur le procureur général ?

— Je ne vous ordonne rien, mon ami. Je vous conseille simplement de faire le mort pour l'instant. Laissez même croire que l'affaire est classée. Pendant ce temps, cherchez ! Et quand vous aurez trouvé, marchez hardiment : je vous soutiendrai. Mais si l'arrestation avait lieu avant que vous n'eussiez en main toutes les preuves, je ne répondrais de rien.....

Voilà ce que, plutôt déçu, le juge d'instruction avait raconté à son collègue dès son retour de Nancy.

— Le raisonnement du grand chef paraît logique, avait répondu le suppléant. Au fond, il n'est que spécieux. On ne se contente pas de preuves, on veut une certitude, quelque chose d'écrasant et d'irréfutable. La chose s'explique : le coupable est franc-maçon. Songez à ce que deviendrait le procureur général si nous faisions cette gaffe d'arrêter un franc-maçon que l'évidence n'écrase point ! On se gênerait moins avec un vulgaire réactionnaire. Mais le vénérable de la Loge l'*Equerre de Givry !*

— Hélas !

— Et remarquez que vous aviez été envoyé ici pour faire la lumière, toute la lumière ! Mais voilà : on ne s'attendait pas à rencontrer un de ces personnages qui sont les occultes mais tout-puissants prétoriens de la République ! Et dire qu'il n'y a pas longtemps encore, je niais les actes de partialité et de favoritisme du régime !

— Hélas ! répéta M. Girard.

— Car vous avouerez que c'est raide ! continua son collègue, très excité, et qui, plus jeune, contenait moins facilement ses sentiments..... Voilà un homme que nous savons coupable, nous n'avons qu'à ouvrir les mains pour l'accabler, et nous sommes impuissants contre lui, et il continue à vivre libre, considéré, respecté ! Vraiment, c'est inconcevable ! Ce haut magistrat à qui vous racontez tout, qui est convaincu lui-même de la culpabilité du professeur, et qui vous dit : « Attendez ! » Attendre quoi ? Qu'il prenne fantaisie à ce misérable de commettre de nouveaux crimes ?.....

— Tout cela est vrai, conclut le magistrat. Mais récriminer ne nous mènerait à rien, mon ami. Mieux vaut chercher à tirer parti de la situation qui nous est faite. Telle qu'elle est, nous pouvons agir encore, et je ne désespère pas du succès final. Puisque nous ne pouvons arrêter le professeur que quand nous connaîtrons son but, eh bien ! il faut arriver à connaître ce but, voilà tout !

Et tout en laissant dire que l'affaire du sommeil qui tue était classée, le juge d'instruction s'était remis à l'œuvre avec l'obstination intelligente qui faisait le fond de son caractère. Son collègue Richard l'aidait de son mieux ; mais on l'entendait dix fois par jour vouer au diable « les chevaliers du triangle et toute leur séquelle ». Car le suppléant n'oubliait pas que lui aussi avait failli être victime du sommeil qui tue..... Et la migraine qui s'en était suivie lui était, si l'on peut dire, restée sur le cœur.....

XI

Le juge d'instruction avait une sorte de revanche à prendre. Aussi s'employa-t-il avec ardeur à résoudre ce dernier problème, qui constituait la clé du mystère. Il s'entoura donc de tous les renseignements possibles sur la vie et les antécédents de Brochain et les particularités de son existence, réfléchit, analysa, et de déduction en déduction, alors qu'il croyait avoir abouti, se trouva devant un dernier « pourquoi » plus déconcertant que tous les autres.

Nous croyons inutile de faire suivre au lecteur les péripéties journalières de cette chasse à la vérité dans le mystère. Il est plus simple de lui résumer la conversation qui eut lieu à ce sujet, quelque temps après, entre le juge d'instruction et son collègue, devenu son ami et son confident.

L'examen des papiers d'Herbelin et de sa comptabilité n'avait rien révélé de bien particulier. On remarquait seulement que chaque année, au mois de décembre, un payement de 5000 francs était effectué régulièrement, et mentionné sur les livres par cette phrase sibylline, toujours la même : « *Versé à X...* » Mais nulle autre trace de ce X..., pas un reçu, rien.

Etait-ce là que gisait le mystère ? Le magistrat ne le pensa point. Cet X... ne pouvait être évidemment que le mystérieux commanditaire d'Herbelin, c'est-à-dire le professeur. Ce qu'il fallait savoir, c'est pourquoi celui-ci s'était fait l'artisan de la fortune d'Herbelin, pourquoi il l'avait envoyé à Givry, pourquoi il en avait fait le précurseur de cette agitation politique forcenée qui devait aboutir à tant de drames.

Le suppléant, lui, fut longtemps d'avis que cette agitation politique elle-même pouvait être le seul but visé par Brochain. Etait-il donc téméraire de penser que dans ce cerveau puissant la passion politique, poussée à l'extrême et tournée à l'idée fixe, eût dégénéré en une monomanie qui aurait fait de lui un dément d'un genre spécial ? En ce cas, les quatre premiers empoisonnements, dont les quatre autres ne furent que la conséquence, s'expliquaient par la colère ressentie lors de l'échec électoral inattendu autant que retentissant infligé au parti dont Brochain se réclamait. Ces propos dont avait parlé Herbelin, et que le criminel avait tenus après l'élection, en sa présence et en la présence de Pierrard : « Je n'aurais qu'un signe à faire pour que toute la bande disparaisse », et encore : « Il n'y aurait qu'à supprimer les chefs », n'étaient-ils pas de véritables propos de dément, tenus par un homme que la passion politique exacerbée a affolé ?

— Non ! non ! s'écria le magistrat, quand son collègue hasarda cette hypothèse. Je n'irai pas jusqu'à dire qu'il faille écarter complètement la politique de tout ceci. Je ne nierai pas que les opinions politiques et philosophiques de Brochain soient sincères. Au contraire, j'admets ces choses parce que c'est sur elles que je m'appuie en affirmant que, pour le professeur, *la politique n'a pas été le but, mais le moyen.* Car tout, dans la façon dont il marche vers ce but, indique qu'il est un de ces sectaires dont il m'a déjà été donné d'admirer quelques surprenants échantillons, moins redoutables, heureusement, mais tout aussi dangereux dans leur genre pour la paix publique. Regardez jusqu'ici l'œuvre de Brochain. Mystérieuse dans sa conception, ténébreuse dans ses moyens, brutale dans ses effets, cynique dans ses audaces calculées, elle trahit une de ces sombres mentalités que le sectarisme a faussées jusqu'à l'inconscience, et pour lesquelles le crime lui-même n'est qu'un moyen comme un autre quand il est habilement employé..... Mais, je le répète, de ce caractère spécial imprimé inconsciemment à son œuvre par le sectarisme du criminel, il ne faut pas conclure que la politique a été son but.

Et le magistrat expliqua ses raisons. Elles lui étaient suggérées par certaines particularités de l'existence qu'avait été celle du professeur, notamment à Lunéville et à Givry. Cette existence, il l'analysa, il la disséqua, pour ainsi dire, avec une netteté et une clairvoyance singulières, pour en démêler les obscures tendances. De la vie de Brochain, rien ne lui avait échappé que l'époque pendant laquelle celui-ci avait été à Paris. Mais il avait fait le nécessaire à ce sujet, et il espérait que sous peu serait comblée cette lacune qui existait encore dans ses renseignements, et qui pouvait avoir une certaine importance.

Mais, depuis son retour de Paris, le juge d'instruction suivait pour ainsi dire jour par jour l'existence du professeur.

Il le montra venant à Lunéville, où il vivait entre sa sœur et sa fille, occupant ses loisirs à la recherche et à l'étude de vieux manuscrits, ainsi qu'à des expériences de chimie.

A Lunéville, le professeur Brochain est comme les peuples heureux, il n'a pas d'histoire. Il sort peu. Il a quelques camarades ; il n'a pas d'amis. Il ne reçoit pas. Son zèle politique est nul. On sait seulement qu'il est un anticlérical déterminé ; il ne s'en cache pas, mais n'affiche que rarement ses opinions ;

toutefois, quand il le fait, c'est avec une extrême violence d'idées et de langage. Il semble jouir d'un certaine aisance. On répète que sa fille, quand elle se mariera, aura 100 000 francs de dot. Mais ce ne sont là que des bavardages, dont il est impossible de contrôler la véracité.

Ici, se plaçait un détail des plus importants. Le professeur Brochain est nommé à Givry. Comment ? *Sur sa demande*, le magistrat en avait les preuves. *Donc, il avait un intérêt quelconque à être nommé à Givry.* Mais quel intérêt ? La politique ? Qu'y avait-il de particulier dans la situation politique de l'arrondissement de Givry qui pût tenter le professeur, lequel, jusque-là, n'avait jamais fait de politique militante ?

A cette question, le suppléant crut trouver une réponse.

— S'il m'en souvient, dit-il, l'arrondissement de Givry, à cette époque, était acquis aux idées modérées. N'était-ce pas une tâche tentante, pour un homme dont la vigueur d'opinion allait jusqu'au sectarisme, que de transformer l'esprit de toute une population, de la conquérir à ses idées, de bouleverser l'assiette politique d'un arrondissement ?

— D'abord, répondit le juge d'instruction, la situation politique de l'arrondissement de Lunéville était alors absolument la même que celle de Givry. Et puis, il faudrait donc admettre que Brochain a agi en dilettante, uniquement pour l'amour de ses idées et la satisfaction de sa foi politique. Une foi politique qui ne rapporte rien, à laquelle on sacrifie tout, et capable de mener jusqu'au crime ? Soutiendrez-vous qu'un tel désintéressement soit possible, mon ami ?

Le suppléant ne répondant pas, son collègue continua sa biographie. Il montra Brochain nommé à Givry, où les deux premières années de son séjour se passent dans le calme. Le professeur n'a pas plus de relations à Givry qu'à Lunéville. Il ne sort pas davantage. Il occupe ses loisirs de la même façon : il collectionne de vieux volumes et se livre à des travaux de chimie, travaux qui lui ont sans doute permis de reconstituer ou de trouver la formule du mystérieux poison qui donne le sommeil qui tue.

Puis, au bout de deux ans, tout change. Herbelin vient s'établir pharmacien à Givry. On sait ce que devient dès lors ce malheureux arrondissement, livré à des agitations politiques sans cesse renaissantes. Mais ce qu'il importe d'examiner, c'est l'attitude du professeur pendant cette période.

Tout d'abord, il ne bouge pas. Puis, peu à peu, l'agitation ambiante semble le gagner. Il sort davantage. On le voit parfois au café ; il y discute politique. Bref, il devient militant, oh ! sans excès, sans exagération, restant toujours pondéré, courtois et même tolérant jusqu'au sein des réunions les plus orageuses. Aux premières élections municipales, il se laisse ou se fait porter sur la liste radicale et arrive avec elle à l'hôtel de ville. Il se porte même candidat adjoint ; mais, malgré les efforts d'Herbelin, il échoue faute de deux voix.

Au Conseil, il se signale par son assiduité aux séances, par ses propositions utilitaires, par la facilité avec laquelle il se fait le porte-paroles des électeurs et de la population. Visiblement, il cherche à se rendre populaire. Il dissimule soigneusement l'intensité de son anticléricalisme et fait à l'occasion de l'opportunisme modéré. Il est un des rares conseillers radicaux ménagés par le parti adverse. En plusieurs occasions, il affecte une impartialité et une tolérance qui font parler de lui. Il est certain que tout cela n'est qu'une comédie. Cet homme doit avoir son plan.

Ses relations avec Herbelin sont celles qui peuvent exister entre deux hommes rapprochés par la politique et les fonctions électives, ni plus ni moins. Il n'y a pas d'apparence à ce que tous deux se soient connus auparavant.

Viennent les élections législatives. Pierrard, le maire radical, est nommé député. Voilà donc Herbelin, premier adjoint, devenu par le fait maire intérimaire, le nouveau député, en effet, ne faisant que de courtes apparitions à Givry..... Dès lors, le professeur Brochain fréquente plus assidûment l'hôtel de ville. Il est bien rare qu'Herbelin se rende seul dans le cabinet du maire ; sinon toujours, du moins souvent, le professeur l'y accompagne. Il s'initie au fonctionnement de l'administration communale, fréquente assidûment les bureaux ; et l'on dirait qu'il fait un véritable stage à la mairie.

Mais voici l'inattendu. Battue jusqu'alors dans toutes les rencontres, l'opposition politique de Givry reprend courage, et fait si bien qu'elle balaye du premier coup ses adversaires de l'hôtel de ville. Malgré sa comédie opportuniste, le professeur lui-même reste sur le carreau.

— Et il faut croire, continua le juge d'instruction, il faut croire que la déception a été terrible pour lui, puisque, si prudent jusque-là, il n'a pu s'empêcher d'exhaler sa colère par les terribles menaces que vous savez !

— Donc, j'en reviens à la monomanie ! dit le suppléant, qui ne voulait pas démordre de sa thèse.

— En quoi vous errez. Quand vous serez convaincu comme moi que Brochain est avant tout, dans le genre criminel, un utilitaire, si je puis dire, qui calcule, dans un but pratique, la portée et l'effet possible de la moindre de ses actions, vous abandonnerez sans retour votre hypothèse. La seule imprudence qu'il ait commise, ce fut de n'avoir pas été le maître de sa colère et de son immense déception quand il a appris le résultat des élections, et d'avoir lâché devant Herbelin et Pierrard — ses deux créatures, entre parenthèses — les compromettantes paroles que vous savez. Quant à l'exécution de ses menaces, ne croyez pas qu'elle soit le résultat d'une vulgaire vengeance, mais bien l'exécution d'un coup désespéré, destiné à tout sauver quand tout était perdu. Ce coup pouvait réussir ; mais Brochain avait compté sans l'émotion causée par la mort des quatre premières victimes du sommeil qui tue, et le revirement politique qui s'en est suivi.

— Vous avez donc deviné le but du bouleversement politique voulu et provoqué par Brochain ?

— Oui, et sans trop de peine. Suivez-moi bien. Je vous ai signalé tout à l'heure, comme découlant de l'exécution d'un plan, l'opportunisme du professeur devenu conseiller, son assiduité aux séances, sa recherche de popularité, ses fréquentes visites à l'hôtel de ville, l'ardeur avec laquelle il cherche à s'initier à l'administration des affaires locales. Joignez-y ce détail : sa candidature posée, dès le début, au poste d'adjoint. Tout cela ne vous indique-t-il pas nettement *que le professeur Brochain tendait à devenir adjoint, puis maire de Givry ?* Tout le prouve, en effet, continua le magistrat ; tout, jusqu'à ses menaces et l'exécution même de ces menaces. Après l'échec électoral qu'il n'attendait certainement pas, et en décapitant, comme il l'avait dit, la bande de ses adversaires, le professeur ne provoquait-il pas des élections partielles grâce auxquelles, aidé par Herbelin et les siens d'une part, et d'autre part par les amis qu'il avait su se faire dans l'autre clan, il pouvait espérer reprendre pied au Conseil municipal, et peut-être, qui sait ? en l'absence de toute autre personnalité marquante, être élu adjoint ? D'autant plus qu'il avait créé, autour de la politique municipale, une atmosphère de terreur bien propre à raréfier les compétitions.....

— Tout cela, en effet, semble s'enchaîner assez logiquement, répondit le suppléant. Mais alors, permettez-moi de vous dire, mon cher, que vous en revenez à mon hypothèse : dans cette affaire, il ne s'agit que de politique. Le moyen ? La politique ! Le but ? Un but politique !

— Et qui vous dit que ce but est le but final ? Qui vous dit qu'il n'est pas un moyen encore ? Car nous nous expliquons à présent pourquoi, ne se sentant sans doute pas capable de bouleverser la politique d'un arrondissement, le professeur Brochain a été chercher Herbelin, mieux doué que lui pour cette tâche. Il nous apparaît non moins nettement que le but de ce bouleversement était de lui permettre de devenir maire de Givry..... *Mais il nous reste à savoir quel intérêt peut avoir le professeur Brochain à être maire de Givry, de Givry et non d'ailleurs, remarquez-le bien !.....*

XII

Ainsi, peu à peu, devant l'intelligente obstination du magistrat, le mystère reculait. Presque tout s'expliquait. La conception de l'empoisonneur apparaissait nettement dans ses phases successives. De l'immense cercle d'ombre qui avait enveloppé tant de crimes inexplicables, il ne restait plus qu'un point noir.

A présent, le suppléant ne doutait plus. Les déductions si logiques et si nettes de son collègue l'avaient convaincu. Il l'avoua avec animation, presque avec enthousiasme. Mais le juge d'instruction refréna son emballement.

— Pas si vite ! mon ami, dit-il en souriant ; pas si vite ! N'oublions pas que, en somme, nous ne savons rien si nous ne savons pas tout. Il nous reste un dernier pourquoi à chercher. Et ce n'est pas une mince difficulté. Il ne s'agit plus ici de tirer des déductions de faits que nous connaissons. Il s'agit de deviner, littéralement. La logique ne suffit plus: il faut du flair. Car, jusqu'à présent, nous n'avons rien qui puisse nous mettre sur la voie. Le professeur Brochain a fait tout ce qu'il a pu pour devenir, aussi rapidement que possible, adjoint au maire de Givry-sur-Mouzon. Voilà ce que nous pouvons affirmer. Pourquoi ? Nous n'en savons rien. Voilà le vrai secret ! Voilà le vrai mystère !

— Et dire qu'une petite perquisition, faite à l'improviste, suffirait peut-être à nous donner la clé de ce mystère !

— Je suis de votre avis. Mais comme nous sommes paralysés de ce côté, il faut chercher autre chose. Au fond, il n'y a pas lieu de se désespérer. Vous voyez bien que, pas à pas, nous approchons de la vérité. Qui sait si les renseignements que j'attends de Paris ne suffiront pas à nous mettre sur la voie ?

En attendant, le suppléant persistait à affirmer une chose : selon lui, et quel que soit le but du professeur, son effrayante inconscience n'en révélait pas moins un esprit malade. M. Richard n'allait pas jusqu'à soutenir que cet homme était irresponsable. Mais, dans ce cerveau, il devait exister une fêlure. A son avis, et quel que soit le mobile qui le fasse agir, un criminel n'aura jamais le courage de perpétrer de sang-froid huit assassinats si ses facultés sont intactes.

— Il y a du vrai dans ce que vous dites là, répondit le juge d'instruction. Mais ne parlez pas de fêlure. Dans le cas qui nous occupe, il y a une intelligence faussée par un sectarisme exacerbé jusqu'à la passion, jusqu'à la manie, la monomanie si vous voulez ; voilà tout. J'ai connu des sectaires de cet acabit pour qui la vie de leurs adversaires ne comptait absolument pas. Pour peu qu'ils se sentissent entre eux, ils ne le dissimulaient guère, et cela leur paraissait naturel. Voyez-vous, pour quelques-uns de ces gens-là, tout ce qui ne pense pas comme eux n'est pas digne de vivre. Ne croyez pas que j'exagère ! J'ai vu, de mes yeux vu, quelques épisodes électoraux qui, si j'avais le temps de vous les conter, vous convaincraient à ce sujet. Mais ce n'est pas le moment. Je tiens seulement à vous faire remarquer ceci : Qu'étaient les quatre premières victimes du sectaire Brochain ? De vulgaires cléricaux, ou de non moins vulgaires réactionnaires. Quant aux autres, il fallait leur apprendre à se taire, sans compter que le vrai moyen d'être tranquille et respecté, c'est encore d'être redouté. Au fond, qui vous dit qu'en ménageant Brochain tant qu'ils le peuvent, ce n'est pas à la peur qu'obéissent nos chefs ?

— C'est bien possible ! répondit le suppléant avec un peu de mépris.

XIII

Les jours ont passé. Déjà août s'achève. En ce temps de vacances, Givry-la-Jolie est plus calme que jamais. Il n'y a un peu de vie et de mouvement qu'aux environs de la gare, dans les deux rues que le commerce a envahies. Ailleurs, c'est le calme, c'est le silence, à peine troublé par le bruit des pas de rares passants. Sans garnison, sans industrie, Givry est bien ainsi l'image de la province, de la vieille province qui persiste à ignorer la vie moderne et son agitation trépidante.

Rue Saint-Jean, centre du peu de mouvement qui anime encore la ville, dans les appartements situés au-dessus du grand magasin, la famille Fleury, privée de son chef aimé, semble toujours vivre son chagrin.

Mme Fleury, vieillie par la douleur, se remet difficilement du coup qui l'a frappée dans une de ses affections les plus chères. Son visage, encore beau, porte la trace d'une inguérissable tristesse. Parfois, on la revoit sourire ; mais ce n'est plus le sourire de jadis; il est encore tendre, mais il est surtout triste. Elle n'oubliera jamais ; mais elle se serait peut-être un peu consolée si son instinct de mère ne l'avait averti qu'un de ses enfants souffrait, et ne souffrait pas seulement d'avoir perdu son père......

Jean Fleury, en effet, était changé. Il ne sortait plus que rarement. Toujours au magasin ou au bureau, il s'accablait lui-même de travail, comme un homme qui veut fatiguer son corps pour endormir sa pensée. Il avait de longs, de mornes silences, et de taciturnes accablements. Depuis la conversation qu'elle avait eue avec lui à ce sujet, sa sœur elle-même n'avait plus osé le questionner. De sa souffrance, Jean Fleury ne disait rien. Son désespoir était de ceux qui ne se confient point.

Seule, la vive et gracieuse Suzanne, qui sentait la nécessité de réagir entre la profonde douleur de sa mère et le morne accablement de son frère, mettait un peu de vie dans la maison qu'avec la mort le malheur avait touchée de son aile funèbre...

Grâce à elle, un élément de distraction avait été introduit dans leur vie mélancolique. Sur son désir, son frère avait insisté pour que M. Girard vînt les voir de temps à autre, sans façon, en ami de la maison. Le magistrat, cette fois, s'était incliné ; les raisons de prudence qui lui avaient fait jusque-là ajourner ses visites à la famille de son ami n'existaient plus, l'affaire du sommeil qui tue étant classée pour tout le monde et le criminel pouvant se croire désormais à l'abri de toute inquiétude. Et très régulièrement, deux fois par semaine, le juge d'instruction venait passer une soirée chez les Fleury.

Par son tact, sa conversation aisée, ses idées élevées, il plut tout de suite à cette famille meurtrie et palpitante encore d'un deuil cruel. Croyant lui-même, il sut trouver pour ces chrétiens les mots qui consolent et les paroles qui apaisent. Par lui, peu à peu, la souffrance s'atténuait, et la vie, lentement, reprenait possession de la maison éprouvée...

Seul, Jean Fleury demeurait inguérissable. Jamais, depuis la douloureuse révélation, il n'avait parlé à son ami du chagrin qui le minait. Et, de son côté, le magistrat évitait [illegible] de ces choses. A quoi bon ? Tout ne condamnait-il pas l'amour de Jean Fleury ? Il n'y avait rien à faire. Le [illegible] comptait [illegible] le temps, qui [illegible] la longue l'âme blessée du jeune [illegible] en lui faisant peu à peu oublier son douloureux et impossible [illegible]... Mais quel coup encore pour Jean Fleury, quand on saurait, et que publiquement [illegible] révélé, honni, haï, exécré, le nom du monstrueux criminel, le père de celle qu'il aimait !.....

..... Rue Gohier, en la maison du professeur, la vie s'écoulait, pareille, en apparence, à celle de jadis. Mais on sentait que, là aussi, le chagrin était entré, sinon le malheur.

Il s'en fallait encore de quelques jours pour que le délai qu'Emilie Brochain avait donné à son frère expirât. Depuis leur explication, le frère et la sœur ne s'étaient plus retrouvés seuls. Résolue, mais inquiète, et agitée, au fond, par des pressentiments qu'elle ne s'expliquait point, la vieille fille attendait.

Elle avait dit à Marguerite : « Espère ! » Mais l'enfant, pâlie, ses frêles épaules comme voûtées sous le poids d'un fardeau trop lourd, avait lentement secoué sa tête brune en disant :

— A quoi bon, s'il ne m'aime plus ?

— Folle ! avait répondu sa tante. Est-ce qu'on peut ne plus aimer un ange comme toi ?

Et Marguerite s'était tue. Mais son regard s'était levé vers le ciel. Et tout bas, elle avait formulé sa naïve et douloureuse prière :

— Mon Dieu ! s'il ne m'aime plus, donnez-moi la force de vivre !

De son côté, plus taciturne que jamais, le professeur ne quittait guère son cabinet de travail.

Cependant, il n'y travaillait guère. La plupart du temps, il restait assis devant son bureau, la tête dans ses mains, plongé en d'interminables rêveries. Puis il se levait brusquement et se promenait avec agitation au milieu de ce que Louise, la vieille servante, appelait irrévérencieusement « le capharnaüm de Monsieur ». Souvent, des paroles indistinctes s'échappaient de ses lèvres, et il y avait dans son regard une lueur d'égarement. A la fin, machinal, il ouvrait sa tabatière, humait une prise et, s'asseyant de nouveau, retombait dans ses mornes méditations.

Depuis le commencement des vacances, il n'était pour ainsi dire pas sorti de chez lui. Il s'était confiné dans cette pièce où il ne remuait plus ni un livre ni un instrument. Sa sœur et sa fille ne le voyaient plus qu'aux heures des repas, pendant lesquels il causait peu, l'esprit ailleurs. Quand il sortait, c'était toujours le soir, et seul. Ses promenades, alors, étaient longues, car il rentrait généralement tard. Des passants attardés l'avaient vu plusieurs fois accoudé sur le parapet des Cinq-Ponts, penché dans la nuit sur la Meuse, et regardant fixement l'eau noire.....

Et pour compléter ce coup d'œil général jeté sur l'état des êtres et des événements, pendant ce temps le juge d'instruction rongeait son frein, inactif dans son cabinet, en répétant dix fois par jour à son collègue Richard :

— Mais qu'est-ce qu'ils font donc à Paris ? Cette enquête que je leur ai demandée est donc bien laborieuse ?

XIV

Ils vinrent enfin, les résultats de l'enquête que le magistrat avait fait faire à Paris.

Ces renseignements étaient d'une extrême importance. Ils n'apportaient aucune lumière nouvelle sur le mystère du sommeil qui tue, mais ils faisaient connaître, dans l'existence intime du professeur, des particularités tout à fait insoupçonnées jusqu'alors.

En effet, le rapport de police que le juge d'instruction avait entre les mains faisait savoir qu'Achille Brochain était arrivé à Paris, pour s'y fixer, dans le courant de mars 1887. Sa vie était régulière et très retirée. Il n'eut jamais de domestique. Il prenait ses repas au restaurant. En dehors de l'heure des repas, il sortait rarement. On ignorait la nature de ses occupations. Il n'avait point de relations. On ne lui connaissait qu'un ami, nommé Paul Drapier, qui venait assez souvent le voir, et avec lequel Brochain sortait quelquefois. Puis Drapier se maria, s'établit dans la finance, et ses visites à son ami, sans cesser tout à fait, devinrent plus rares.

En 1892, Achille Brochain se maria à son tour avec une jeune fille nommée Pauline Reffet, dont, croit-on, il avait fait la connaissance grâce à son ami Drapier, et dont la mère était veuve. Celle-ci, du reste, mourut dans l'année qui suivit le mariage. Selon les apparences, sans être riches, les deux femmes devaient posséder quelque fortune. Comme on le sait, la cérémonie fut purement civile. Ls deux époux allèrent s'établir rue de Merry, dans un appartement assez luxueux. Le caractère d'Achille Brochain sembla complètement modifié par son mariage. Sa femme aimait le monde, le plaisir, la toilette. Elle sortait beaucoup, et son mari sortait avec elle. Il semblait éprouver pour elle une affection profonde qui allait jusqu'à la passion et même jusqu'à la faiblesse, car il était visible qu'il ne savait résister à aucun de ses caprices. Or, la jeune Mme Brochain en avait de très coûteux. Les dépenses du ménage étaient jugées par tous excessives, et leur train de maison exagéré.

Mme Brochain mourut en 1895, emportée par une pneumonie double contractée à la suite d'un refroidissement survenu au sortir d'une soirée. Un mois plus tard, Achille Brochain quittait Paris pour retourner à Villotte.

C'est ici, disait le rapport, qu'apparaît dans la vie de Brochain une singularité qui peut être importante.

D'après les renseignements qui nous ont été fournis par le Parquet de Givry-sur-Mouzon, Brochain serait revenu dans son village natal avec une enfant d'environ deux ans qu'il disait être sa fille et qu'il appelait Marguerite.

Or, le registre de l'état civil du IVe arrondissement signale bien le mariage d'Achille Brochain avec Pauline Reffet, ainsi que le décès de celle-ci, *mais nous n'y avons trouvé aucune trace de la naissance d'une enfant née des époux Brochain*. D'ailleurs, tous les renseignements concordent à ce sujet : jamais Mme Brochain n'a été mère, et quand Achille Brochain a quitté Paris, il était seul.

Il y avait donc là un mystère, que nous avons pu éclaircir.

Six mois environ avant la mort de Mme Brochain, Paul Drapier, l'ami du veuf, avait, lui aussi, perdu sa femme à la suite d'un drame dont les journaux ont parlé en leur temps, et qu'il est inutile de rappeler ici. Il avait une petite fille nommée Marguerite, dont nous avons retrouvé la date de naissance sur le registre d'état civil du XVIIIe arrondissement. Cette enfant fut mise en nourrice à Viller, un village de l'Oise.

Or, la mort dramatique de sa femme frappa tellement Paul Drapier, qui s'occupait alors de choses de Bourse, que pendant quelque temps il négligea totalement ses affaires. Un jour il s'éveilla, sinon ruiné, du moins ayant perdu les trois quarts de sa fortune. Le séjour de Paris, qui lui rappelait de trop cruels souvenirs, lui pesait. D'autre part, il ne pouvait voir sa fille, qu'il adorait pourtant, mais qui lui rappelait trop sa femme à laquelle, paraît-il, elle ressemblait beaucoup. Il résolut donc de s'expatrier, tant pour essayer de se refaire une fortune que pour tenter d'oublier son chagrin dans une vie plus rude et plus active. Il partit pour l'Amérique. Mais, avant, il était allé trouver son ami Brochain qui était alors, lui aussi, sur le point de quitter Paris, et, sachant que celui-ci avait une sœur qu'il allait rejoindre, il lui avait demandé de vouloir bien se charger de sa fille en son absence.

C'est ce qui résulte du moins de la déclaration du sieur Jacques Vautrin, cultivateur à Viller (Oise), et veuf de la nourrice de Marguerite Drapier. Cet homme nous a communiqué à l'appui de ses dires une lettre dans laquelle Paul Drapier avertissait la nourrice de son enfant qu'il enverrait un de ses amis, M. Brochain, chercher la petite Marguerite. Ce qui fut fait trois jours après. Le sieur Vautrin consentirait volontiers à communiquer cette lettre si la chose peut être utile à Marguerite Drapier.

Mais cette preuve n'est pas indispensable. La date de la naissance de Marguerite Drapier, celle du départ pour l'Amérique de son père ainsi que l'ensemble des faits cités plus haut, tout concorde pour établir d'une façon irréfutable que l'enfant qu'Achille Brochain, aujourd'hui professeur de sciences à Givry-sur-Mouzon, fait passer pour sa fille, n'est autre que Marguerite Drapier. Quant au véritable père de celle-ci, on n'en a eu aucune nouvelle depuis son départ de Paris. Le professeur seul, avec lequel il devait correspondre, doit savoir s'il est aujourd'hui mort ou vivant.

Encore un détail qui peut avoir son importance. Paul Drapier, avant de s'expatrier, avait réalisé ce qui lui restait de fortune, et évalué, d'après les renseignements fournis par trois établissements de crédit, à environ 150 000 francs. Il est vraisemblable de penser que de cette somme Drapier a détourné une part importante qu'il a confiée à Brochain, afin de constituer à tout hasard la dot de sa fille, et dont la rente devait servir aux frais d'entretien et d'éducation de l'enfant. Ce dépôt, fait d'ami à ami, a dû être effectué sans écriture.

Ainsi Marguerite n'était pas la fille du professeur ! Ainsi rien ne la séparait plus de Jean Fleury !

Le magistrat oublia la déception professionnelle causée par la lecture de ce rapport, duquel il avait espéré beaucoup, et qui ne lui apportait aucun élément nouveau en ce qui concernait l'affaire du sommeil qui tue, pour ne penser qu'au bonheur inattendu qui allait être celui de son ami.

ment, ce portefeuille, je ne le donnerais ni pour or ni pour argent. Car, indépendamment des cartes de visite et des billets de banque, il contient des papiers dont l'un est surtout précieux, puisqu'il constitue la clé du mystère du sommeil qui tue, et nous livre le secret du professeur Brochain !

Et dépliant un papier jauni :

— Faites appel à votre connaissance du latin, mon cher collègue ; lisez ceci, et vous saurez enfin pourquoi ce cher professeur tenait tant à être maire de Givry-sur-Mouzon, et non d'ailleurs !

XVI

Quelques jours auparavant, la vieille Louise frappait à la porte du « capharnaüm » où, selon sa coutume, le professeur était allé s'enfermer dès son lever :

— Il y a quelqu'un qui demande à voir Monsieur. Je l'ai fait entrer au salon.

— Qui est-ce ?

— Un Monsieur qui n'a pas dit son nom. Il a l'air d'un étranger.

— Un étranger ?

Et la voix du professeur tremble un peu.

— C'est bien. J'y vais.

Dans le petit salon qui donne sur le jardin, un homme attend, debout, le chapeau à la main, correctement vêtu d'un complet bleu marine. Il est de taille moyenne ; le regard aigu de ses yeux bruns s'abrite derrière les verres d'un binocle à monture d'or. La barbe est brune, courte et coupée en pointe ; le nez est fort et busqué, les lèvres sont épaisses ; le reste des traits est assez régulier, mais l'ensemble est antipathique.

Un regard a suffi au professeur pour examiner des pieds à la tête ce personnage.

— Monsieur, commença celui-ci, permettez-moi tout d'abord de me présenter : Albert Weyler, avocat à Paris.

Le professeur s'inclina. Il avait l'air de plus en plus intrigué.

— Je suis venu, poursuivit le visiteur, au sujet des événements dont votre ville a été le théâtre ces temps derniers. Je veux parler des méfaits restés mystérieux de ce qu'on a appelé le « sommeil qui tue ».

Ici, Albert Weyler fit une courte pause en regardant le professeur qui ne broncha pas. Puis il reprit :

— Tout d'abord, il importe que vous sachiez et que vous soyez convaincu que j'ai des moyens à moi de connaître certaines choses que tout le monde ignore, et que, de plus, je ne suis pas sans..... influence sur certains événements. Vous me permettrez toutefois, et du moins quant à présent, de ne vous parler ni de ces moyens ni des causes de cette influence ; ils existent, voilà le fait. Ceci dit en manière d'explication préalable, je commence : Il est inutile, je pense, que je vous rappelle les événements auxquels je fais allusion. Vous habitez en effet, Givry, et vous devez être au courant mieux que moi. Du reste, tout semble s'être arrangé, puisque le coupable présumé s'est fait justice, et que, depuis, le sommeil qui tue n'a plus fait de victimes. Je n'aurais donc eu aucune occasion d'intervenir si je n'avais appris, il y a peu de jours, que cette affaire, contrairement à ce que tout le monde croit, n'est pas classée, que le vrai coupable n'était pas Herbelin, que l'inaction apparente de la justice n'est qu'une feinte, et que, d'un jour à l'autre, la lumière, toute la lumière, peut être faite sur ces mystérieux événements.

— Je ne vois pas..... commença le professeur qui avait un peu pâli.

— Attendez! Pour vous prouver que rien ne peut m'échapper et que je parviens toujours à connaître ce que j'ai intérêt à savoir, laissez-moi vous apprendre que le juge d'instruction Girard, depuis longtemps déjà, connaît le nom du vrai coupable ; et qu'il sait que, pour semer la mort impunément, ce coupable envoyait tout bonnement à ses victimes des lettres en apparence inoffensives, et même parfumées, mais dont il suffisait de respirer le parfum pour mourir.....

Le professeur était devenu blême. Sans le regarder, Albert Weyler continua :

— Ce juge d'instruction — un homme très fort, entre nous

— a réuni ainsi trois cartes-lettres, une enveloppe vide, plus une lettre imprimée à la machine à écrire, et qu'avait reçue dans la prison ce pauvre Herbelin, deux jours avant de mourir.

Le professeur poussa une horrible imprécation. Et se levant brusquement :

— L'imbécile ! s'écria-t-il cyniquement. Il n'avait donc pas détruit mes lettres ?

— Dame ! répondit tranquillement Weyler, dont les yeux brillaient d'une singulière lueur; dame ! mettez-vous à sa place: il était surveillé depuis quelques jours par un policier qu'on faisait passer pour un prisonnier, et qui, du reste, a partagé son sort. Seulement, avant de mourir, celui-là a eu le temps de découvrir le pot-aux-roses.

Le professeur avait changé d'attitude. Il s'était calmé, et son humilité de tout à l'heure avait disparu. Il revint s'asseoir près de Weyler qu'il regarda dans les yeux :

— Pas tant de phrases ! dit-il brutalement. Vous savez que c'est moi. La justice a mes lettres. Elle me tient. Pourquoi ne m'a-t-on pas arrêté ?

— Tout simplement parce que je suis intervenu — je ne vous dirai pas de quelle façon, par exemple. Bref, j'ai pu gagner du temps, et indirectement — oh ! combien ! — obtenir qu'on ne vous arrêterait que lorsqu'on pourrait vous écraser sous l'évidence, c'est-à-dire lorsqu'on connaîtrait votre but.

— Alors, je suis bien tranquille !

— Hé ! hé ! Je ne m'y fierais pas..... Très fort, je le répète, ce petit juge d'instruction. Depuis des semaines, il travaille sans rien dire, et je n'ai pu savoir ce qu'il avait fait. Et puis, il a une revanche à prendre, ne l'oubliez pas : on l'a obligé à vous lâcher..... Il tient à vous avoir, cet homme : c'est assez naturel.....

— Passons ! dit le professeur de sa voix brutale. Mais vous, qu'est-ce que vous venez faire là-dedans ?

— Vous me le demandez ? répondit Weyler avec son étrange sourire

Le professeur le regarda fixement.

— Ce que je me demande surtout, dit-il, c'est si vous êtes sincère en affirmant que vous ne venez qu'à titre personnel.

— Quel intérêt aurais-je à vous l'affirmer? Cela vous étonne de me voir si bien renseigné ? Mettez que nous sommes deux ou trois qui nous sommes associés pour..... exploiter certains événements connexes à la politique.

— Bref, vous faites du chantage? Dites-le tout de suite, allez: ce sera plus franc.

— Fi ! quel gros mot, dit Weyler avec un sourire aimable. Mais, qu'importe ! L'essentiel est de s'entendre. Aussi bien, le moment me semble venu de vous faire la proposition qui m'amène.....

— Inutile ! cher Monsieur Weyler, interrompit le professeur avec une froide ironie. Cette proposition, j'en devine le sens. Elle consiste à me dire, après m'avoir quelque peu effrayé : « Cher Monsieur, nous savons tout, et nous sommes tout disposés à vous être utiles en de si difficiles circonstances. Mais, voilà, on n'assassine pas huit hommes pour rien. En vous livrant à ce genre d'exercice, vous aviez un but ; il ne peut s'agir, en fin de compte, que d'argent, et même de beaucoup d'argent. Nous vous disons donc : « Part à deux ! Répondez » oui et vous êtes hors d'affaire. » Est-ce bien cela ?

Un peu déconcerté, Weyler hocha affirmativement la tête.

— Je l'aurais parié, voyez-vous ? reprit le professeur.

Et la voix sifflante, mais avec une tranquillité pleine de mépris :

— C'est entendu : je suis un misérable. Mais j'ai eu du moins le courage de tuer. Tandis que vous..... vous !

Il serrait les poings, et se penchant sur Weyler :

— Ah! vous êtes bien de votre race, vous! Je ne connais rien à votre organisation, et je ne veux même pas savoir comment vous avez pu connaître tout cela, ni comment vous avez eu le moyen d'intervenir aussi efficacement. Mais ce que je sais, c'est que vous êtes plus misérables encore que moi ; misérables jusqu'à en être répugnants !..... Le tigre a passé, et vous rampez derrière lui, ténébreux, comme des hyènes qui se ruent sur le cadavre dont il a abandonné les dépouilles. Pouah !

Weyler avait décidément perdu tous ses moyens. Ne sachant quelle contenance tenir, il baissait le dos en attendant la fin du déluge quand, à son grand étonnement, le professeur se mit à rire d'un rire singulier, revint s'asseoir et, après avoir pris une prise, dit tranquillement :

— Causons donc, mon cher Monsieur Weyler. Je suppose qu'il y ait quelque chose à partager et que je consente à ce partage. Vous me sauvez, c'est entendu. Mais comment ?

— Mais, répondit l'autre, un peu rassuré, mais en faisant déplacer — ou révoquer au besoin — le juge Girard et son suppléant.

— Insuffisant ! dit nettement le professeur. Mes lettres resteraient toujours là comme preuves. Et je ne veux pas être exposé au caprice du premier magistrat venu.

Weyler eut un sourire.

— On s'arrangera pour..... avoir le dossier, ou ce qu'il contient de plus compromettant.

— Ça se peut ?

— Facilement.

— Alors, on peut s'entendre. Vous me remettrez mes lettres, et nous partagerons. Vous avez besoin de moi, et moi j'ai besoin de vous. Quand je vous avais dit que nous nous arrangerions ! Vous m'aiderez, mon cher Monsieur Weyler ; vous m'aiderez..... Il y a longtemps que j'en aurais fini avec cette histoire, si j'avais osé prendre un complice. Mais un complice, il aurait fallu le payer ou..... le faire taire..... Et puisque je dois partager avec vous, il est juste que vous m'aidiez, n'est-ce pas ? De la sorte, la part que je vous abandonnerai ne me semblera pas tout à fait de l'argent perdu. Maintenant, venez dans mon cabinet de travail, cher Monsieur Weyler ; nous y serons plus tranquilles pour causer.....

Et se levant, le professeur ouvrit la porte du salon et s'effaça courtoisement devant son visiteur, lequel, mal remis encore de ses émotions successives, n'avait l'air qu'imparfaitement rassuré.....

XVII

Givry-sur-Mouzon était, au moyen âge, une place forte du duché de Lorraine. Mais il ne lui reste plus guère, comme souvenir de son passé, que les vestiges d'un château fort situé au sommet de la colline sur laquelle est bâtie la ville, ainsi que l'ancien palais des ducs de Lorraine dans lequel sont installés depuis longtemps l'hôtel de ville ainsi que différents services communaux.

Ce palais est assez bien conservé. Au-dessus de la grande porte de l'entrée principale, qui donne sur la rue Saint-Jean, on remarque des sculptures datant du XVIe siècle, et dont les archéologues font quelque cas. La façade, avec ses grandes baies encadrées de motifs anciens sculptés dans la pierre, est pour ainsi dire intacte. Mais à la suite de travaux successifs d'entretien ou d'aménagement, l'intérieur du rez-de-chaussée ainsi que le grand vestibule de l'entrée ont perdu tout leur caractère. Toutefois, on peut encore admirer, dans le cabinet du maire, d'antiques boiseries fort bien conservées.

La partie de l'ancien palais dans laquelle on a accès après avoir traversé le vestibule, puis la cour, a été mieux respectée. Au premier et au second étage, de grandes et magnifiques salles sont restées presque intactes. On a dû en sacrifier quelques-unes pour en faire le logement de deux fonctionnaires de la ville ; mais dans les autres on a installé la bibliothèque, un musée assez intéressant, la justice de paix, ainsi que deux ou trois lieux de réunions. Grâce à ces diverses destinations, quelques-unes de ces salles ont pu garder presque intact leur cachet ancien.

Une autre entrée, située rue des Cordeliers, donne également accès dans la grande cour pavée, où l'herbe pousse, l'été, entre les pierres. Cette entrée est peu fréquentée. Il y a de ce côté deux ou trois réduits aux portes branlantes, dont les fonctionnaires qui sont logés à l'hôtel de ville ont fait leurs débarras. Contre le haut et triste mur mitoyen, sans ouvertures, qui clôture la cour de ce côté, il y a un puits très profond, dont l'épaisse margelle de pierre aux angles arrondis indique l'ancienneté.

Plusieurs jours se sont écoulés depuis que le professeur Brochain a reçu l'étrange visite que l'on sait.

Ce soir-là, à la suite d'un gros orage qu'il avait fait dans la journée, le temps s'était mis à la pluie. Le vent du Sud-Ouest soufflait en rafales, chassant dans le ciel des nuages déchiquetés.

Il était 11 heures. L'obscurité était profonde. Quelqu'un qui, à cette heure tardive, se serait trouvé dans la cour de l'hôtel de ville aurait pu voir dans l'ombre deux silhouettes d'hommes traverser cette cour avec précaution en se dirigeant vers le puits. Ces deux hommes arrivèrent ainsi, presque à tâtons, auprès de la margelle. Alors l'un d'eux prononça :

— Halte ! nous y sommes. Votre lanterne ! Il importe d'y voir.

Un mince pinceau de lumière blanche raya soudain l'obscurité. Et penchés sur la margelle, arrondissant les épaules sous l'averse, deux hommes apparurent, tous deux vêtus d'un long caoutchouc sombre, et coiffés de vieux feutres aux bords rabattus.

L'un d'eux fit entendre un petit ricanement.

— Hein ! mon cher Monsieur Weyler, si l'on piquait une tête là-dedans !

— Le fait est, mon cher Brochain, répondit l'autre d'une voix peu rassurée, le fait est que ça a l'air profond !

— Allons ! reprit le professeur de sa voix brutale à peine contenue, à l'ouvrage ! Votre échelle, vite !

De dessous son caoutchouc, Weyler tira une échelle de corde enroulée. Le professeur en déroula une partie sur le pavé de la cour, puis il laissa retomber le reste de l'autre côté de la margelle, dans le puits. L'extrémité supérieure en fut alors solidement fixée à une barre de fer dont chacune des extrémités reposait sur la margelle.

— Là ! dit le professeur. Pour plus de sûreté, vous voudrez bien mettre les pieds sur la partie qui traîne encore sur le pavé,

Deux précautions valent mieux qu'une. Songez, mon cher Monsieur Weyler, que si je venais à boire un bouillon, vous en seriez pour vos frais..... de solidarité.

— C'est bon ! grommela l'autre. On sait ce qu'on a à faire.

— Très bien ! Alors, votre lampe, et en avant !

Cette étrange expédition avait dû être prévue dans ses moindres détails, car un cordon avait été fixé à la petite mais puissante lampe électrique, ce qui permettait, en la suspendant à son cou, d'être éclairé tout en ayant les deux mains libres.

Ainsi équipé, le professeur escalada la margelle, et lentement, mais sans hésitation, se mit à descendre le long de la mince échelle de corde qui pendait dans le noir. Penché au-dessus du puits, Weyler regardait avec une certaine inquiétude décroître peu à peu le petit faisceau de lumière blanche, dont les rayons venaient se briser sur l'humide paroi du long cylindre de pierre.

Le puits, nous l'avons dit, était très profond, une quinzaine de mètres séparaient la margelle de la surface de l'eau. Pourtant, quand le professeur eut descendu une dizaine de mètres, il s'arrêta. Et sa voix monta dans l'ombre, avec d'étranges sonorités aussitôt étouffées.

— J'y suis ! dit-il.

— Alors ? interrogea ardemment Weyler.

— Attendez, que diable ! La poignée est là. Mais je ne sais s'il faut la tirer ou la tourner. Et puis je n'ai qu'une main. Ça ne va pas être facile !.....

Pendant quelques instants, il parut se livrer à une série de mouvements violents, entrecoupés d'imprécations..... Enfin, un cri de triomphe :

— Ça y est ! Elle a cédé ! Il fallait tirer. Ecoutez !

La pluie avait cessé. Et à présent, Weyler entendait sous ses pieds un bruit étrange, qui ressemblait à celui de l'eau dont le trop-plein s'échappe par un déversoir. Mais ce bruit, quoique nettement perceptible, paraissait lointain et comme assourdi.

— Attention ! cria encore le professeur. Je remonte.....

Et bientôt, sa silhouette émergea du puits. Weyler la devina plutôt qu'il ne la vit, car, en arrivant en haut, le professeur avait éteint la lampe.

— A présent, il n'y a plus qu'à attendre, dit-il en posant avec précaution les pieds sur le pavé de la cour. Eh bien ! êtes-vous convaincu ?

— Je commence. Mais vous avouerez que la chose est si romanesque qu'on pouvait douter.

— Pourquoi douter ? Le manuscrit était explicite, quant à ses indications, du moins. Pour le reste, l'histoire de Lorraine au commencement du XVIIe siècle suffit à l'expliquer. Ah ! nos ancêtres n'avaient pas toutes leurs aises, à cette époque ! La guerre, la peste, la famine, sans compter les Suédois protestants, tous les fléaux à la fois s'abattaient sur eux. Et l'on comprend que pas mal de braves gens aient eu l'idée, en ces temps troublés, de mettre leurs richesses à l'abri !.....

Il ralluma la lampe et en dirigea le faisceau lumineux dans l'intérieur du puits.

— Voyez, reprit-il, l'eau baisse, et vite. Très ingénieux, ce mécanisme hydraulique, surtout pour l'époque ; car il devait exister bien avant l'auteur du manuscrit, qui a eu l'idée de dissimuler le coffret dans l'intérieur du puits.

— Mais nous n'attendrons pas que le puits soit entièrement vide ?

— C'est inutile. Souvenez-vous des termes du manuscrit : « Quand l'eau aura baissé d'une toise..... »

— C'est-à-dire ?

— Environ deux mètres.

Le professeur se pencha de nouveau au-dessus de la margelle. Puis il reposa, sans l'éteindre, le petit appareil entre eux deux.

— Ça va. Encore dix minutes, et je pourrai redescendre.

— Vous n'éteignez pas la lampe ?

— A quoi bon ?

— Mais si le concierge.....

L'autre eut un petit ricanement.

— Le concierge a reçu une lettre au courrier de 4 heures, ainsi que sa fille. Ils dorment, soyez-en sûr.....

— Comment ! Vous avez encore.....

— Rassurez-vous, âme sensible. Ils en seront quittes pour s'éveiller demain un peu tard. Ceux-là ne me gênaient que pour une nuit. Vous voyez donc que nous pouvons être tranquilles : nous sommes chez nous.

Le professeur tira sa tabatière, l'ouvrit et huma voluptueusement une prise. Puis, tendant la boîte de corne blonde :

— Une prise ? Cela vous réveillera.....

Machinalement, Weyler prit une pincée de tabac qu'il aspira consciencieusement..... Autour d'eux, la nuit était plus noire que jamais. La pluie venait de reprendre. On entendait toujours le bruit sourd du déversoir souterrain.

— Tout de même, reprit Brochain en refermant sa tabatière, tout de même vous devez vous rendre compte à présent combien tout cela eût été simple pour moi si j'avais pu arriver à devenir maire, ou seulement premier adjoint avec Herbelin comme maire..... Du coup, j'avais l'accès direct et insoupçonné au puits. En prenant quelques précautions, et en provoquant certaines circonstances favorables, je pouvais aboutir sans le secours de personne.

— C'est une manière de me répéter que vous regrettez mon concours ! dit un peu aigrement Weyler.

— Je ne m'en cache pas. Convenez qu'il va me coûter cher, votre concours !

Un singulier sourire que, dans la nuit, le professeur ne vit pas, plissa les lèvres épaisses de son compagnon.

XVIII

— Allons ! continua Brochain en se levant. Je crois qu'il est temps. Vous pouvez préparer la corde.

Il suspendit de nouveau la lampe à son cou, et, escaladant la margelle, se mit en devoir de descendre. Weyler le vit s'arrêter à une dizaine de mètres au-dessous de lui, et repousser avec effort une sorte de tige qui dépassait de la muraille. Immédiatement, le bruit d'eau fuyante cessa.

— Ça va ! dit la voix du professeur. Allons voir plus bas maintenant.

Et lentement, posant avec précaution ses pieds l'un après l'autre sur les frêles échelons, il se remit à descendre, regardant avec attention devant lui la paroi encore ruisselante. Il franchit ainsi quelques mètres ; et comme il arrivait presque au niveau de l'eau noire dont la surface miroitait, il s'arrêta en disant entre haut et bas :

— Je crois que nous y sommes.

Il leva la tête et distingua vaguement au-dessus de lui la silhouette confuse de Weyler qui, à l'orifice du long cylindre de pierre, le regardait. Le professeur sourit et murmura :

— Pas fort, le juif ! Je l'ai eu ! Et il ne s'en doute pas !

Tout en causant, il prit d'une main la lampe et de l'autre se tenant à l'échelle de corde que le moindre de ses mouvements faisait osciller, il regarda attentivement la portion de l'humide paroi qu'il avait devant lui. Un anneau de fer était scellé là. Lâchant sa lampe, le professeur saisit cet anneau, et après quelques efforts, parvint à lui faire faire un demi-tour ; puis, violemment, il tira à lui, et la portion du mur à laquelle était scellé l'anneau céda ; l'effort seul du professeur la retint au-dessus du vide.

Un instant, celui-ci hésita. Il devina plutôt qu'il ne vit un orifice que dissimulait la pierre mobile. Mais il se servait d'une de ses mains pour retenir la pierre ; de l'autre, il se retenait lui-même à l'échelle. Dans cette position, il lui était donc impossible d'explorer l'orifice qui venait d'apparaître. De plus, la pierre carrée, qui avait une dizaine de centimètres d'épaisseur et au moins 50 de côté, était très lourde.

— Ma foi, tant pis ! dit le professeur.

Et il lâcha l'anneau. La pierre tomba dans l'eau avec bruit, en un rejaillissement liquide qui éclaboussa l'explorateur des pieds à la tête.

— Qu'y a-t-il ? cria aussitôt la voix inquiète de Weyler.

— Ne tremblez plus ! répondit le professeur avec ironie. Ce n'est que la porte de notre cachette que j'ai laissé tomber.

Un ah ! rassuré descendit de l'orifice. Le professeur haussa les épaules ; puis, de la main rendue libre, il reprit sa lampe, et se mit en devoir d'explorer la cavité qu'il venait de découvrir.

Tout de suite, il vit au fond un assez gros coffret carré qu'il pouvait toucher en étendant le bras. Il distingua, fixée à son flanc, une poignée de métal qu'il saisit.

— Diable ! dit-il en essayant en vain de tirer le coffret à lui ; c'est lourd !

Afin d'avoir les deux mains libres, il passa sa tête entre deux barreaux de l'échelle, et, le corps ainsi maintenu par la nuque, il fit un dernier effort qui amena enfin le coffret jusqu'au bord de l'orifice.

A l'aide de sa lampe, il put alors l'examiner. Ce coffret semblait fait d'un métal rouillé par l'humidité. On ne pouvait deviner sa longueur, mais il avait à peu près 40 centimètres de largeur et autant de hauteur. La poignée que le professeur avait sous les yeux était articulée et paraissait ouvragée sous l'épaisse couche de rouille qui la recouvrait.

— Ça doit peser dans les 60 kilos, ce machin-là ! grommela le professeur. Décidément, j'avais raison en pensant que je ne pourrais venir à bout tout seul de la besogne ; ce sera déjà difficile à deux. Bah ! ne regrettons rien ! Sans cet imbécile, j'aurais peut-être attendu longtemps encore avant de pouvoir aboutir. Pour ce qu'il en profitera, d'ailleurs ! Aussi bien, on ne devrait jamais priser quand on n'en a pas l'habitude !.....

Et il eut ce petit ricanement qui lui servait de rire. Puis, élevant la voix, il cria :

— J'ai la chose. Envoyez la corde !

En haut, Weyler obéit. Et quelques secondes plus tard, le professeur sentit l'extrémité d'une corde lui effleurer le visage. En tirant de nouveau le coffret à lui, il arriva à lui faire dépasser le bord de l'orifice et constata que, contrairement à ce qu'il avait pensé tout d'abord, il était non pas cubique, mais rectangulaire.

— 80 de long, 40 de haut et autant de large, murmura-t-il, je vois ça d'ici. Très curieuse, cette manière antique de loger les coffres-forts !

A l'aide de la corde, il attacha solidement le coffret et cria :

— Attention, là-haut ! Je vais tout lâcher.

— Je tiens ! répondit Weyler. Allez-y !

Non sans difficulté, le professeur parvint à sortir entièrement le coffret de son humide alvéole, et bientôt, la corde seule le retint au-dessus du vide.

— Tenez bien ! répéta encore le professeur. Je remonte.

Deux miutes après, il avait repris pied dans la cour, et il aidait Weyler à faire franchir au coffret les 15 ou 16 mètres qui le séparaient de la margelle. Leurs efforts réunis ne furent pas de trop pour cette besogne ; mais, quelques instants plus tard, le lourd coffret de métal reposait enfin à leurs pieds.

— Et voilà ! dit le professeur en s'épongeant. A présent, le plus fort est fait. Il ne s'agit plus que de transporter l'ustensile jusqu'à chez moi.

Weyler souleva par une poignée l'extrémité du coffret. Et il observa :

— Un homme pourrait presque le porter tout seul !

— A la rigueur, oui.

— Il faut enlever cette échelle de corde, sans doute ?

— Naturellement. Inutile de laisser des traces !

La lampe électrique était toujours sur la margelle, entre eux deux. Le mince faisceau lumineux n'éclairait point leur visage. L'opposition du petit cône de lumière semblait rendre l'ombre plus dense autour d'eux. La pluie ne tombait plus que doucement, comme une bruine. Toute proche, l'horloge de l'église Saint-Christophe sonna trois quarts. Weyler questionna :

— Et le niveau de l'eau ?

— Eh bien! répondit le professeur, l'eau reprendra son niveau normal par infiltration. C'est l'affaire de trois ou quatre heures.

— Parfait ! dit l'autre d'un ton étrange.

Et brusquement, il tendit le bras. Sa main tenait un objet qui ressemblait vaguement à une arme. Il y eut comme un bref sifflement, et le professeur se sentit frappé à la face par un violent remous d'air chargé d'étranges et lourds effluves. Et tout de suite, il eut l'impression de sombrer dans l'anéantissement. Il eut encore la force de dire :

— Imbécile !

Puis, doucement, il s'affaissa plutôt qu'il ne tomba.

Tranquillement, Weyler remit dans sa poche l'objet bizarre qu'il avait en main.

— Très fort ! murmura-t-il, très fort, le professeur ! mais comme chimiste seulement. Se figurer que nous pouvions le tirer de là était le comble de la naïveté. Sans doute, nous sommes parvenus à faire disparaître de son dossier les pièces les plus compromettantes. Mais après ? Il eût été imprudent d'user des influences que nous pouvons posséder. Usons, mais n'abusons pas, lorsque nous pouvons éviter l'abus. En se voyant lâché, le professeur, avec le caractère que je lui connais, n'aurait pas hésité à démasquer ma petite comédie..... J'eusse été frais ! Tandis que voilà une solution qui arrange tout.....

Tout en parlant, il s'était penché sur le corps du professeur.

—Le plan ! Ne l'oublions pas. Si on le trouvait sur lui, tout serait découvert. Ah ! le voilà. Parfait ! A présent, mon cher professeur, en avant pour le grand voyage. Ah ! on s'amusait à inventer le sommeil qui tue ! Nous avons aussi bien, mon cher professeur..... Grâce à notre petit revolver du sommeil, une bouffée de gaz somnifère vous insensibilise un homme sans qu'il y comprenne rien. Mais c'est un sommeil honnête, celui-là, et qui n'a jamais tué personne, du moins par lui-même.

Il avait redressé le corps inanimé qu'il appuya contre la margelle. Et brusquement, il le fit basculer. On entendit le bruit mat des membres heurtant les parois, suivi d'un énorme plouf qui s'amplifia en se répercutant dans le long cylindre sonore. Puis le bruit de l'eau violemment agitée qui battait les parois décrut peu à peu, et le silence se rétablit.

Un peu impressionné malgré son cynisme, Weyler se secoua en ricanant :

— Bah ! Plus de six mètres d'eau ! Il y est pour longtemps. On n'ira pas le chercher là. Et puis, quand on le trouverait ? Notre sommeil à nous ne laisse aucune trace. Il est mort noyé, voilà tout.

Rapidement, il dégagea du coffret la corde qu'il roula autour de lui, sous son caoutchouc, ainsi que l'échelle, éteignit la lampe et la mit dans sa poche. Puis, se baissant, il saisit le coffret par ses deux poignées, le chargea avec assez de difficulté sur son épaule, et se dirigea en tâtonnant vers la porte de la rue des Cordeliers qui était entr'ouverte. Une fois dehors, et sans abandonner son fardeau, il referma la porte aussi près que possible, et se dirigeant vers la nouvelle rue qui aboutit au faubourg des Vosges, il disparut silencieusement dans la nuit.....

XIX

Et c'était Weyler que, le lendemain matin, on avait retrouvé — mais sans le coffret — dormant du sommeil qui tue sous le Pont-des-Soupirs.

Nous avons parlé des papiers découverts dans le portefeuille du dormeur, et dont le suppléant avait dit qu'ils constituaient la clé du mystère du sommeil qui tue.

Un de ces papiers, en effet, n'était autre que le plan du palais des ducs de Lorraine de Givry que nous avons vu un jour sur le bureau du professeur, et qui portait la date de 1636. Derrière ce plan, se trouvaient écrites *en latin* une trentaine de lignes. L'écriture, quoique pâlie par le temps, était encore lisible, et les deux magistrats parvinrent à en tirer la traduction suivante, approximative dans la forme, mais fidèle quant au sens :

Monseigneur, si je n'ai pu rester près du dépôt que vous m'avez confié, je l'ai du moins mis en sûreté. Les Français et les Suédois ont pris la ville et l'ont mise au pillage. Tous les membres de ma famille ainsi que vos autres serviteurs ont été tués. Moi-même je n'ai dû qu'à mon âge d'échapper à leurs coups, mais ils m'ont emmené prisonnier jusqu'en Alsace, où j'ai pu m'échapper. La souffrance et la fatigue m'ont arrêté sur le chemin du retour, à Lunéville, où, malade, ployé sous le faix des années, je sens ma fin approcher. J'écris donc ces lignes pour vous permettre de retrouver votre fortune. Je pense que vous est déjà parvenu le message par lequel je vous dis qu'il faudra regarder dans le dos d'un des livres que je vais vous envoyer, ou que vous trouverez ici après ma mort.

Le coffret est donc caché dans le puits situé dans la cour du palais que les ducs nos princes ont bâti à Givry. Pour le retrouver, il faut manœuvrer une tige de fer fixée au mur de ce puits, à environ cinq toises du haut, et du côté du palais. Le puits se videra alors. Si l'on peut aller dans le puits par le haut, il suffira que l'eau baisse d'environ une toise. On verra alors du même côté un anneau de fer qu'il faudra tourner de moitié, puis tirer avec force. Une pierre cédera qui découvrira une cavité dans laquelle j'ai mis le coffret contenant votre fortune en monnaies diverses et bijoux. Si l'on ne peut aller dans le puits par le haut, j'ai fait derrière ce papier un plan du palais des ducs nos princes. Dans la salle du bas que j'ai marquée d'une croix se trouve une ouverture dissimulée par la boiserie sculptée. Il suffira de presser à la fois sur deux saillies en forme de cabochon qu'on trouve en bas dans le coin qu'on a à sa gauche en regardant les baies, pour que cette boiserie se déplace. On verra ainsi l'ouverture qui donne accès dans un souterrain par lequel on peut aller dans le puits quand celui-ci a été vidé comme je l'ai dit. Mais si l'on va dans le puits par le bas, il faut prendre une échelle, car il y a environ deux toises entre le fond du puits et la cavité où j'ai caché le coffret. Je prie Dieu pour que la présente arrive sans encombre entre les mains de mon maître bien-aimé.

XX

Ainsi le hasard avait répondu à l'ultime pourquoi de l'affaire du sommeil qui tue.

On ne devait jamais connaître l'auteur du plan et de la note explicative dont on vient de lire la traduction. Les archéologues ou les historiens régionaux auraient peut-être pu retrouver le nom du seigneur dont la fortune avait été ainsi mise en sûreté. Mais nous verrons plus loin que ce document ne fut jamais connu du public.

Par la suite, Jean Fleury, plus au courant que les deux magistrats de l'histoire lorraine, leur expliqua qu'à l'époque où il s'était passé, cet épisode était des plus vraisemblables.

En effet, sous le règne du duc Charles IV, prince brouillon qui préférait la guerre et les fêtes au bonheur de ses sujets, et notamment de 1630 à 1650, l'histoire de la malheureuse Lorraine ne fut qu'une suite de calamités. C'était l'époque où Richelieu commençait à mettre tout en œuvre pour annexer cette province à la France. Il s'ensuivit des guerres prolongées, une suite de combats entre les Lorrains alliés aux impériaux, d'une part, et les Français alliés aux Suédois, d'autre part. La plupart des villes fortes furent prises et reprises un certain nombre de fois, et pillées par les uns comme par les autres. La même cité était ainsi assiégée deux ou trois fois dans la même année. Les troupes des deux partis qui évoluaient dans la province vivaient durement sur le pays. Des déserteurs nombreux s'étaient formés en bandes qui ravageaient les campagnes. Il y eut de mauvaises récoltes, et le peu de denrées qu'elles produisaient était monopolisé pour l'approvisionnement des places fortes. Des villes furent ravagées à fond, comme Saint-Nicolas-du-Port, où Français et Suédois commirent des atrocités sans nom, ou entièrement détruites, comme l'infortunée Lamothe, dont il ne resta que des ruines.

De plus, la peste d'Orient s'en mêla, et, jointe à la famine et à la guerre, acheva d'éprouver ce malheureux pays dont, en dix ans, la population diminua de plus de moitié. Un grand nombre de villages ou hameaux, entièrement dépeuplés ou ruinés, disparurent à cette époque, et c'est à peine si, à présent, on se souvient de leurs noms ; et deux cents châteaux furent rasés. La misère était telle que des malheureux, égarés par la faim, mangèrent de la chair humaine. Bref, un historien, après avoir récapitulé tous les maux qui étaient venus fondre sur la Lorraine, a pu dire que, pour rencontrer une pareille désolation, il fallait remonter à la guerre des Juifs contre les Romains, et au sac de Jérusalem par les soldats de Titus (1).

A cette époque de bouleversements et de misères, il n'y avait donc rien d'étonnant dans le fait qu'un de ces seigneurs lorrains qui s'étaient, par pur patriotisme et malgré ses défauts, attachés à la fortune de leur prince, eût songé à faire mettre en sûreté les richesses de sa maison. Ces temps troublés expliquaient également que, pour une cause ou pour une autre, la précieuse lettre explicative ne soit pas parvenue à son destinataire. Les volumes dont parlait le fidèle serviteur étaient sans doute restés à Lunéville, et c'est dans cette ville que le professeur avait eu entre les mains celui d'entre eux dans lequel il avait, par hasard, probablement, découvert le fatal papier qui devait être la cause de tant de drames.

(1) *Histoire de Lorraine*, par A. Digot, t. V, p. 277.

Dès lors, le plan du professeur Brochain apparaissait nettement. Ainsi s'expliquaient sa nomination à Givry, qu'il avait provoquée, et le bouleversement politique dont Herbelin avait été l'artisan, bouleversement qui, comme l'avait deviné le magistrat, n'avait d'autre but que de permettre au professeur de s'installer en maître dans le cabinet du maire, *lequel n'était autre que la salle marquée d'une croix sur le plan, et dont l'ouverture secrète donnait accès au puits*. Ce n'était que quand il avait perdu tout espoir de ce côté qu'il s'était décidé à se faire aider d'un complice, afin d'arriver au coffret par le haut du puits.

Ce complice ne pouvait être que ce Weyler qu'on avait découvert sous le Pont-des-Soupirs. Car, après s'en être servi, le professeur n'avait pas hésité, par un moyen à lui, de l'envoyer *ad patres*, toujours à l'aide du sommeil qui tue.

Tout cela, les deux magistrats le devinèrent immédiatement. Mais ce dont ils ne pouvaient se douter sur l'instant, c'est que Weyler, lui aussi, avait eu la même pensée que son complice, et que, par ses soins, le professeur dormait à son tour son dernier sommeil, sous six mètres d'eau, au fond du puits de l'hôtel de ville.

En revanche, ils eurent tout de suite l'idée que l'enlèvement du coffret était chose faite. Et leur première pensée fut de se rendre dans la cour de la mairie ; en examinant attentivement la paroi du puits, ils y virent nettement une suite d'éraillures toutes fraîches qui ne leur laissèrent aucun doute : ces éraillures avaient été produites par le frottement des angles du coffret, qu'on avait sans doute remonté à la corde.

Le concierge, questionné, n'avait rien entendu la nuit précédente. Mais cet homme ne s'expliquait pas le sommeil qui l'avait pris la veille au soir, ainsi que sa fille, et tellement profond qu'il ne s'était éveillé le matin qu'à 9 heures. De plus, il était certain d'avoir fermé le soir la porte de la cour qui donnait sur la rue des Cordeliers : or, le matin, cette porte avait été trouvée ouverte.

Le juge d'instruction en savait assez. Il comprit qu'un des deux hommes s'était introduit dans la cour avant la fermeture des portes, qu'il s'était caché dans un des débarras dont nous avons parlé, et que, le moment venu, il avait été ouvrir à son complice.

On devine ce qui suivit.

Décidé à en finir, quoi qu'il pût advenir, le magistrat convoqua immédiatement le professeur à son cabinet : ou le professeur viendrait, et il le ferait arrêter après un court interrogatoire ; ou il chercherait à s'enfuir, mais sa maison serait surveillée, et on lui mettrait la main au collet à la moindre tentative de départ.

L'étonnement des deux magistrats fut donc grand quand, en réponse à la convocation, la sœur d'Achille Brochain fit savoir que le professeur, sorti la veille au soir, n'était pas encore rentré, et qu'elle ne pouvait dire où il était allé.

Le professeur était-il donc déjà en fuite ? Ce fut l'avis du suppléant. Mais en y réfléchissant, le juge d'instruction soupçonna que les deux complices pouvaient fort bien avoir eu la même idée : se débarrasser l'un de l'autre. Sans se douter qu'il portait lui-même la mort en lui, Weyler avait envoyé Brochain dans l'autre monde. Comment ? Le magistrat n'eut sur ce point aucune hésitation : tout de suite, il pensa au puits.

Et ce fut dans l'après-midi qu'on retrouva le corps du professeur ; et ceux *qui savaient* admirèrent combien était providentiel le châtiment qui, de ce puits fatal et mystérieux, objet de ses convoitises et but de ses crimes, avait fait le tombeau de l'empoisonneur.....

XXI

Le surlendemain, Weyler, chef de la troublante association de maîtres-chanteurs, dont l'existence reste encore un mystère, succombait à son tour, sans avoir pu prononcer un mot. Ce fut la dernière — et la moins intéressante, à coup sûr — victime du sommeil qui tue, dont jamais plus on ne devait entendre parler.

Par égard pour la sœur du professeur, pour l'enfant qui passait pour sa fille ainsi que pour son ami, le juge d'instruction fit tous ses efforts pour donner de cet ultime épisode une toute autre version que la version réelle. Le châtiment de Dieu s'était appesanti sur le coupable : il était donc tout à fait inutile de couvrir d'opprobre un nom que des innocents seuls portaient désormais.

Nul ne sut donc jamais la vérité que lui, son collègue Richard et son ami Jean Fleury. Pour tout le monde, Weyler était le coupable, et Achille Brochain sa victime.

On se racontait qu'un trésor était caché dans le puits, que tous ceux qui avaient été victimes du sommeil qui tue connaissaient l'existence de ce trésor, que Weyler les avait empoisonnés afin de rester le seul possesseur du précieux secret, et que c'était lui qui, après s'être servi de ses connaissances archéologiques, avait attiré le professeur dans un guet-apens.

Les racontars s'amplifièrent de telle sorte, les versions se succédèrent si bien les unes aux autres, que la réalité, outrageusement tiraillée et déformée, fit place à une sombre légende qu'un poète du crû transforma en une complainte des plus tragiques qu'on chante encore à Givry en guise de berceuse :

C'était un puits à l'eau profonde
Qui dissimulait un trésor ;
Un puits mystérieux, dont l'onde
Dormait, noire comme la mort (*sic*).....

Il y en avait ainsi vingt-six strophes. Au puits mystérieux on avait ajouté de non moins mystérieux souterrains remplis d'or, que garde un fantôme redoutable, et dans lesquels veut pénétrer un Juif avide que la vue seule du fantôme fait s'endormir d'un sommeil mortel.....

Grâce à cette complainte, et au bout de quelques semaines, la réalité fut une fois de plus vaincue par la légende.

Deux choses devaient toutefois toujours rester mystérieuses pour les trois hommes qui savaient.

La première, c'était la composition du poison du sommeil qui tue. La quantité que le juge d'instruction avait recueillie de la façon que l'on sait était tout à fait insuffisante pour en permettre l'analyse, et, d'autre part, on ne retrouva par la suite dans le laboratoire du professeur nul indice qui pût mettre sur la trace. Il apparut évident que depuis longtemps déjà, Achille Brochain avait pris ses précautions à ce sujet, en détruisant tout ce qui pouvait lui sembler de nature à le compromettre. Et une perquisition faite dans son « capharnaüm » n'eût absolument donné aucun résultat. On en est donc encore réduit aux conjectures sur la composition chimique de la mystérieuse et impalpable poudre blanche dont les effets étaient si redoutables.

De même, le fameux, le fatal coffret resta introuvable.....

Pour s'assurer qu'il avait bien été enlevé de son humide alvéole, et sous prétexte d'investigations judiciaires, le juge d'instruction avait fait jouer le levier qui actionnait le système de vidange du puits. Attaché à une corde, Jean Fleury avait été explorer audacieusement la cavité ainsi mise à jour : il avait pu se convaincre qu'elle était ouverte et vide.

Tous trois furent d'ailleurs d'accord pour arrêter là l'exploration de ce puits mystérieux, truqué comme un décor de féerie. Des recherches plus complètes n'auraient pas manqué d'intérêt, mais elles auraient eu l'inconvénient de tout remettre en question, en risquant d'exciter la curiosité du public. Nos trois amis eurent donc la sagesse de s'en tenir là.....

Et du coffret ils n'eurent jamais de nouvelles. Ils en furent réduits à supposer que Weyler l'avait soigneusement dissimulé dans un endroit connu de lui seul et choisi d'avance aux environs de la ville. Weyler comptait sans doute revenir avec des outils qui lui permettraient d'ouvrir facilement la solide enveloppe de métal. Mais le sommeil qui tue l'avait arrêté en route, à jamais, et Weyler avait emporté son secret dans la tombe.....

Peut-être le vieux coffre de fer rouillé sera-t-il retrouvé un jour, enterré quelque part dans les environs de Givry. On l'ouvrira alors, on y retrouvera des monnaies et des bijoux anciens ; les archéologues échafauderont à ce sujet les hypothèses les plus biscornues ; et le brave homme que sa découverte aura enrichi ne se doutera jamais que cette fortune a coûté la vie à dix êtres humains.....

ÉPILOGUE

Dès que les deux morts furent ensevelis, que toute la lumière fut faite, qu'il n'eut plus rien à apprendre, le juge d'instruction brûla une à une toutes les pièces de son dossier, sans en excepter le fameux manuscrit latin qui avait été la cause de tant de malheurs. Puis, sans explications, écœuré des manœuvres louches qui lui avaient tant suscité de difficultés dans son œuvre de justice, il donna sa démission.....

Toutefois, il ne voulut pas quitter Givry sans avoir assuré le bonheur de son ami.

Point n'est besoin de dire que, par lui, Jean Fleury avait été tout de suite mis au courant de la véritable situation du professeur vis-à-vis de celle qu'il faisait passer pour sa fille. Nous avons vu que, grâce à lui également, la sœur du professeur ainsi que Marguerite ne surent jamais que celui dont elles pleuraient la mort n'était autre que le monstrueux criminel qui avait semé le deuil et la terreur dans la petite ville.

Ce fut alors qu'Emilie Brochain avoua à Marguerite qu'elle n'était pas la fille du professeur.

La vieille fille *savait*, elle, et depuis longtemps, depuis le jour où elle avait écrit au curé de Saint-Merry pour lui demander l'extrait de baptême de celle qu'elle croyait sa nièce. Sur la réponse du prêtre, elle était partie à Paris et n'avait trouvé nulle part trace de la naissance d'une enfant née des époux Brochain. De retour à Villotte, elle avait acculé son frère à l'aveu de la vérité. Mais déjà le pli était pris: tous deux s'étaient mis à adorer cette enfant qui appelait le professeur « papa » et Emilie Brochain « tante Milie ». Le véritable père était loin. Qui sait s'il reviendrait jamais ? Et ni l'un ni l'autre ne s'était senti le courage de détromper l'enfant. A quoi bon faire connaître à Marguerite l'existence d'un père qu'elle n'avait pas connu et qu'elle ne reverrait peut-être jamais ?

C'est ce qu'expliqua la vieille fille à M. Girard, venu lui-même pour apprendre à la sœur du professeur la vérité dont il la croyait ignorante. Elle ajouta que tous les ans, au mois de janvier, le véritable père de Marguerite avait donné régulièrement de ses nouvelles, mais que, depuis un an, ils n'avaient rien reçu de lui. Le professeur avait écrit depuis à Paul Drapier trois lettres qui étaient restées sans réponse. Et ni l'un ni l'autre n'avaient su comment interpréter ce silence inquiétant.

Le juge d'instruction n'aborda pas, avec Emilie Brochain, la question de la dot de Marguerite. Son opinion était faite à ce sujet. Si le professeur s'était, de parti pris, opposé au mariage de sa fille, c'est que celle-ci n'avait plus de dot, c'est que cette dot avait servi au professeur pour s'assurer le concours d'Herbelin, en avançant à celui-ci la somme nécessaire pour l'achat d'une pharmacie. Cette somme, il est vrai, avait été remboursée ; mais elle ne l'avait certainement pas été entièrement ; et puis, par la suite, il avait fallu assurer l'avenir de Mme Herbelin et de son enfant. Donc, M. Girard était persuadé que, du dépôt confié à Brochain par Paul Drapier, il ne restait plus rien ou pas grand'chose. Il n'en parla pas à Emilie Brochain. Mais, avant de se retirer, il fit quelques allusions à l'amour que Jean Fleury et Marguerite éprouvaient l'un pour l'autre, et sut glisser quelques paroles qui devaient être rapportées à la jeune fille et destinées à lui faire savoir qu'elle était toujours aimée.

La situation n'en restait pas moins délicate pour les deux jeunes gens dont l'amour avait survécu à toutes les épreuves et à toutes les douleurs. Ils ne pouvaient, en effet, se revoir qu'en qualité de fiancés. Mais on était sans nouvelles du véritable père de la jeune fille ; malgré toute son affection, Emilie Brochain ne lui était rien au point de vue légal. Même en admettant que Marguerite atteindrait l'âge de sa majorité, le devoir ainsi que les convenances exigeaient qu'on recherchât si la jeune fille n'avait pas encore quelque autre parent, aïeul, oncle ou tante, soit du côté paternel, soit du côté maternel.

M. Girard s'employait avec activité à ces recherches et aux fastidieuses formalités qui s'ensuivaient quand arriva de Chicago (Illinois, États-Unis d'Amérique) une lettre qui arrangea tout. Cette lettre était de Paul Drapier. Elle était adressée au professeur et disait :

Mon cher ami, je suis las de traîner mes os dans ce pays de sauvages civilisés. Je n'ai pu répondre à tes dernières lettres par suite d'un accident où j'ai failli laisser la vie, et où j'ai laissé, par exemple, presque tout ce que j'avais pu amasser. Depuis, j'ai pu un peu me refaire, mais la fortune que je rapporterai est mince. Je suis parti avec 10 000 dollars ; je reviendrai avec 50 000 à peine. C'est maigre pour un homme qui rêva de ne revenir que multi-millionnaire.

Mais je suis las ; la cinquantaine pèse lourdement sur mes épaules, la rude vie de cet infernal pays m'a usé. Mon parti est donc pris : le temps de réaliser mon modeste avoir, et je prends le paquebot pour la France. J'aspire au repos ; et il me tarde d'embrasser ma Marguerite, qui doit être une grande fille, et de vivre auprès d'elle, c'est-à-dire auprès de vous, mon vieux camarade, si toi et ta sœur, la véritable mère de ma fille par le dévouement, y consentez. La dot que je t'ai confiée nous permettra de la marier avec un brave garçon qui l'aimera et qu'elle aimera, et qui consentira, j'espère, à ne pas la séparer tout à fait de nous..... Toi, tu prendras ta retraite, et si nous ne finissons pas notre vie en millionnaires, du moins serons-nous tranquilles, en braves gens qui se contentent de peu.....

Et voilà comment Marguerite ne perdit un père que pour en retrouver un autre, juste au moment où le besoin s'en faisait sentir..... Et celui-là avait un trop gros arriéré d'affection à placer pour faire pleurer son enfant en refusant de lui donner celui qu'elle aimait.....

Ce fut encore l'infatigable M. Girard qui, dès son débarqué, s'empara de Paul Drapier, lequel portait ses cinquante-deux ans beaucoup plus allègrement que, d'après sa lettre, on pouvait le supposer..... Sans lui dire toute la vérité, M. Girard le mit au courant d'une partie de la situation, en commençant par la mort du professeur.

De ses recommandations Paul Drapier retint surtout qu'il était inutile d'évoquer trop souvent le souvenir du professeur, et que, d'autre part, il pourrait fort bien se faire que, de la dot de Marguerite, il ne restât rien.

— Mais que cela ne vous inquiète pas, cher Monsieur, ajouta M. Girard. Le brave garçon qui aime votre fille, et qui est aimé d'elle, ne s'occupera pas de la question d'argent. Il aime Marguerite pour elle-même, et il ne souhaite qu'une chose : être jugé digne de la recevoir de vos mains, avec ou sans dot,

— *All right !* dit Paul Drapier. Tout cela est très joli. Puisque vous me le dites, je ne rechercherai donc pas ce que mon vieux camarade Brochain a fait du dépôt que je lui ai confié. Mais j'ai toujours pensé et dit que Marguerite *valait* 20 000 dollars. Que celui qu'elle aime le veuille ou non, elle les aura.

Par la suite, et grâce à des investigations faites par les deux hommes avec des ruses de Peau-Rouge pour ne pas donner l'éveil à Emilie Brochain, ils purent se convaincre que tant de la fortune personnelle du professeur que du dépôt qui lui avait été confié, il restait à peine une vingtaine de mille francs.

— Laissons cela à sa sœur, dit Paul Drapier. Je vais tout de suite constituer une autre dot à Marguerite. Il me restera encore 30 000 dollars ; c'est plus qu'il ne m'en faut.

Inutile de dire que Marguerite, tout en regrettant son ancien père, qu'elle n'avait heureusement connu que sous son aspect le meilleur, s'était mise à aimer le nouveau — et le vrai — de tout son cœur. Et celui-ci le lui rendait bien :

— Comme tu ressembles à ta mère ! disait-il souvent.

Mais il le disait sans amertume et sans souffrance. Le passé était loin, et le calme s'était fait en lui. Du reste, il fut vite convaincu que si Marguerite ressemblait à sa mère par les traits, elle lui ressemblait à lui par le cœur et par le caractère. Et cela le rassurait pour l'avenir.

Tante Emilie resta tante Emilie, c'est-à-dire une mère pour Marguerite, et pour Paul Drapier une sœur qu'il lui sembla avoir toujours connue, et pour laquelle il éprouvait un véritable culte, en constatant avec quel dévouement éclairé et quelle intelligente tendresse elle avait élevé son enfant.....

.....Et quand le temps eut apaisé un peu les douleurs et les joies, la première démarche que fit Mme Fleury en reprenant pied dans la vie fut d'aller demander, pour son fils, la main de Marguerite à Paul Drapier. Celui-ci, malicieusement — et délicatement — déclara ne pouvoir répondre sans avoir pris l'avis de tante Emilie. Et comme l'avis de tante Emilie n'était pas douteux, Jean et Marguerite purent bientôt se revoir en échangeant le doux nom de fiancés.

Ce fut de la sorte que Suzanne Fleury fit plus ample connaissance avec cette Marguerite dont son frère lui avait tant parlé jadis, et que les deux futures belles-sœurs en vinrent tout de suite à s'aimer au point de ne plus pouvoir se quitter. Les conquêtes de l'enjouée Suzanne ne se bornèrent pas là ; bientôt Paul Drapier ne jura plus que par elle, et tante Emilie l'appela sa deuxième fille.

D'un commun accord, le mariage des deux jeunes gens fut fixé au printemps prochain.

— Alors, tout va bien ! dit M. Girard, quand ainsi fut assuré le bonheur de son ami. A présent, je crois que je n'ai plus rien à faire ici.

Un autre juge d'instruction l'avait déjà remplacé à Givry. Aussi fit-il tous ses préparatifs pour retourner à Nancy.

M. Girard jouissait d'une fortune personnelle qui lui assurait l'indépendance ; aussi ne se pressait-il pas pour choisir une nouvelle carrière. Il ne se pressa pas davantage, d'ailleurs, de quitter Givry. Sa servante était congédiée et ses meubles expédiés qu'il restait encore à l'hôtel de la Providence, dont il avait fait son home provisoire.

On s'était tellement habitué à lui, dans les familles Drapier et Fleury, qu'on trouva tout naturel de le voir ainsi s'attarder à Givry, où rien en apparence ne le retenait plus. Seul, le père de Marguerite s'en étonna un peu, mais pas longtemps. Car un beau jour, M. Girard père fit le voyage de Nancy et vint demander à Mme Fleury la main de Suzanne pour son fils.

Jean Fleury, qui n'avait rien remarqué, en tomba des nues. Il traita son ami de ténébreux et sa sœur de cachottière, et finalement les embrassa tous les deux de bon cœur.....

..... Ainsi finit comme un roman — comme un roman qui finit bien — l'histoire du sommeil qui tue.

Comme pour prouver que rien, pas même le malheur, n'est éternel ici-bas, ce drame, né dans la terreur, finit par une complainte, et, contrairement à beaucoup d'autres drames, fit des heureux après avoir fait des victimes.

Jean Fleury s'occupe à présent, en compagnie de sa femme,

à diriger avec plus d'activité que jamais la maison de commerce de la rue Saint-Jean. Tante Emilie est avec eux.

Quant au père de Marguerite, il a gardé rue Gohier l'appartement du professeur. Mais c'est uniquement pour la forme, car il passe la plupart de ses journées à venir taquiner tante Emilie, rue Saint-Jean, où il a toujours son couvert mis.

Mme Fleury reste à Nancy avec sa fille et son gendre. Celui-ci, avec l'assentiment de Suzanne, s'est lancé dans la politique militante.

— L'affaire du sommeil qui tue, dit-il souvent, m'a montré mon devoir. Elle m'a prouvé combien il importait de secouer cet autre sommeil morbide dans lequel se complaît la nation, et qui laisse le champ libre aux agissements ténébreux d'une minorité malfaisante, dont les appétits cyniques ou le sectarisme brutal menacent la patrie dans sa grandeur et dans sa sécurité. Si l'on n'y prend garde, ce sommeil, lui aussi, tuera la France.

Le mari de Suzanne, n'en doutez pas, deviendra un jour député. Quand il sera au Palais-Bourbon, on peut s'attendre à ce qu'il malmène de main de maître — et en connaissance de cause — les brebis galeuses de la magistrature républicaine.

Chaque année, aux vacances, tout le monde se donne rendez-vous en pleine campagne lorraine, dans la grande maison de Villotte où tante Emilie a vu le jour. Et enfin, le rêve que la noble et généreuse fille avait fait jadis est devenu une réalité : les vastes pièces sonores de la vieille demeure des Brochain résonnent souvent du bruit de galops enfantins et de rires ingénus qui ressemblent à des cris d'oiseaux ; et chaque automne émaille l'herbe du grand verger d'une vivante floraison de têtes blondes.....

FIN

Romans populaires à 20 centimes

POUR PARAITRE LE 1er SEPTEMBRE 1913

L'AUBE NOUVELLE

par JEAN DAGUET

Jacques Sonnoy, grand industriel du Nord, patron conscient de ses obligations religieuses, morales et sociales vis-à-vis de ses ouvriers, leur rend les services les plus signalés. Sa bonté, cependant, ne désarme pas la haine. Un malheureux déséquilibré se constitue le bras d'un anarchiste russe et tente de faire sauter les usines et le patron. La bombe éclate trop tôt, n'atteignant que le misérable criminel lui-même. Jacques se venge en procurant tous les secours de la religion à celui qui a voulu le tuer. Il fait plus. L'anarchiste laisse une sœur, intelligente, douée de toutes les qualités naturelles, mais sans l'ombre d'idées religieuses. Jacques Sonnoy fait le siège de cette âme, la comble de bienfaits, la ramène à Dieu..... et l'épouse.

Ce roman, tour à tour drame et idylle, est des plus attachants. Les leçons qui s'en dégagent sont bonnes, excellentes à répandre. Si jamais L'AUBE NOUVELLE, la « Grande Aube » vient à luire, elle n'éclairera que le triomphe des utopistes, des sectaires, des criminels; ces gens-là servent de repoussoir et mettent en valeur les hommes intelligents et chrétiens qui luttent contre le socialisme et l'anarchie, et qui comprennent que la société ne se sauvera qu'en retrouvant Jésus-Christ.

723-13. — Imprimerie P. Feron-Vrau, 3 et 5, rue Bayard, Paris, VIIIe.

Imp. Paul Feron-Vrau
3 et 5, rue Bayard
PARIS

www.ingramcontent.com/pod-product-compliance
Ingram Content Group UK Ltd.
Pitfield, Milton Keynes, MK11 3LW, UK
UKHW021109220726
13924UKWH00004B/1603